COMPILATION

PASSEPEUR

TRIO TERREUR Nº 3

Texte et illustrations de Richard Petit

Dépôt légal : Bibliothèque et Archives nationales du Québec, 3ᵉ trimestre 2008
ISBN : 978-2-89595-357-9
Imprimé au Canada

Gouvernement du Québec - Programme de crédit d'impôt pour l'édition de livres - Gestion SODEC

Boomerang éditeur jeunesse remercie la SODEC pour l'aide accordée à son programme éditorial.

Nous reconnaissons l'aide financière du gouvernement du Canada par l'entremise du Programme d'aide au développement de l'industrie de l'édition (PADIÉ) pour nos activités d'édition.

edition@boomerangjeunesse.com
www.boomerangjeunesse.com

VOTRE PASSEPEUR

POUR UN HORRIBLE CAUCHEMAR

UN LIVRE QUI SE JOUE AVEC LES PAGES DU DESTIN

NO 2 LE PROF CANNIBALE

LE PROF CANNIBALE

LE PROF CANNIBALE

Texte et illustrations
de
Richard Petit

TOI!

Tu fais maintenant partie de la bande des
TÉMÉRAIRES DE L'HORREUR.

OUI ! Et c'est toi qui as le rôle principal dans ce livre où tu auras bien plus à faire que de tout simplement... LIRE. En effet, tu devras déterminer toi-même le dénouement de l'histoire en choisissant les numéros des chapitres suggérés afin, peut-être, d'éviter de basculer dans des pièges terribles ou de rencontrer des monstres horrifiants.

Aussi, au cours de ton aventure, lorsque tu feras face à certains dangers, tu auras à jouer au jeu des **PAGES DU DESTIN...** Par exemple, si dans ton aventure tu es poursuivi par une espèce de monstre dangereux et qu'il t'est demandé de TOURNER LES PAGES DU DESTIN afin de savoir si ce monstre va t'attraper, la première chose que tu dois tout de suite faire, c'est placer ton doigt tout tremblotant ou un signet à la page où tu es rendu pour ne pas perdre ta page, car tu auras à y revenir. Ensuite, SANS REGARDER, tu fais glisser ton pouce sur le côté de ton Passepeur en faisant tourner les feuilles rapidement pour finalement t'arrêter AU HASARD sur l'une d'elles.

Maintenant, regarde au bas de la page de droite. Il y a quatre pictogrammes. Pour savoir si le monstre t'a attrapé, il n'y en a que deux qui te concernent,

celui de l'espadrille et celui de la main.

Pour le moment, tu ne t'occupes pas des autres. Ils te serviront dans d'autres situations. Je t'explique tout un peu plus loin.

Comme tu as peut-être remarqué, sur une page il y a une espadrille, et sur la suivante, il y a une main et ainsi de suite, jusqu'à la fin du livre. Si, par chance, en tournant les pages du destin, tu t'arrêtes au hasard sur le pictogramme de l'espadrille, eh bien bravo ! tu as réussi à t'enfuir. Là, retourne au chapitre où tu étais rendu. Il t'indiquera le numéro de l'autre chapitre où tu dois aller pour fuir le monstre. Si tu es le moindrement malchanceux et que tu t'arrêtes sur le pictogramme de la main, eh bien, le monstre t'a attrapé. Là encore, tu reviens au chapitre où tu étais, mais tu auras par contre à te rendre au chapitre indiqué où tu tomberas entre les griffes du monstre.

Lorsqu'on te demandera de TOURNER LES PAGES DU DESTIN, tu n'utiliseras, selon le cas, que les DEUX pictogrammes qui concernent l'événement. Voici les autres pictogrammes et leur signification...

Pour déterminer si une porte est verrouillée ou non :

 Si tu tombes sur ce pictogramme-ci, cela signifie qu'elle est verrouillée ;

 Si tu t'arrêtes sur celui-ci, cela signifie qu'elle est déverrouillée.

S'il y a un monstre qui regarde dans ta direction :

 Ce pictogramme veut dire qu'il t'a vu ;

 Celui-ci veut dire qu'il ne t'a pas vu.

Combien obtiens-tu avec le dé ? Voici les faces de un à six du dé).

Ton aventure commence au chapitre 1.
Et n'oublie pas, une seule fin te permet
de vraiment terminer le livre
Le prof cannibale.

Bienvenue à l'école Saint-Macabre.

Il est 16 h 45. Comme c'est l'automne, le soleil orangé, voilé par une couverture de nuages, se couche déjà à l'horizon. Les classes sont déjà terminées depuis un bon moment. Tout le monde est parti, enfin presque tout le monde. Seul le halo des lumières d'une des classes illumine le pavé humide et le vieux chêne de la cour de l'école. À l'intérieur de celle-ci se trouve Pierre-Michel. Ii est encore en retenue. Mais ce sera la dernière fois : pas parce qu'il l'a promis à ses parents, mais parce que cette fois-ci, il est seul... SEUL AVEC LE PROFESSEUR !

Le lendemain matin... **DRIIIIIIIING !** Chaudement emmitouflé sous tes couvertures, tu tends le bras vers ton réveille-matin. **CLICK !** fait l'interrupteur lorsque tu appuies dessus.

— Déjà 7 h 15 du matin ! C'est pas vrai...

Les yeux bouffis, tu t'assois péniblement dans ton lit, puis tu te lèves. Debout devant ta fenêtre, comme à chaque matin, tu es perdu dans cette pensée qui semble en fait ne pas vouloir te quitter depuis quelques jours : SAINT-MACABRE, TON ÉCOLE...

Tu enfiles ta robe de chambre pour te rendre à la cuisine, mais juste au moment où tu vas sortir de ta chambre, tes yeux s'immobilisent, de manière fortuite, sur ta photo de classe accrochée au mur, et une onde de tristesse t'envahit. 1, 2, 3, 4..., 27, comptes-tu avec ton doigt.

— Nous étions 27 élèves au début de l'année scolaire et nous ne sommes plus que 22 maintenant. Ma foi, qu'est-ce qui peut bien leur être arrivé ? te demandes-tu en regardant, avec mélancolie, le visage de chacun de tes copains de classes... DISPARUS !

Pas étonnant que tes notes soient si basses; comment peut-on se concentrer sur ses études dans de telles circonstances ? Un détail te vient tout à coup à l'esprit. Un détail, qui semble avoir échappé à tout le monde, même aux policiers...

— MAIS C'EST VRAI ! Comment se fait-il que personne ne l'ait remarqué ? Chacun des élèves disparus a fait de la retenue... te dis-tu en descendant l'escalier. Les élèves ne se volatilisent pas comme ça tandis qu'ils se rendent à l'école. C'est à l'école même qu'ils disparaissent. Ça fait des semaines que j'ai ce sentiment bizarre. Saint-Macabre : avec un nom pareil, il est clair qu'il se passe des trucs horribles, conclus-tu en t'assoyant à la table de la cuisine.

Tu te retrouves maintenant au numéro 7.

2

— Mes parents me l'ont souvent répété : « À l'école, travaille fort, et tu pourras devenir quelqu'un », disaient-ils. Médecin, policier ou peut-être même ministre, qui sait ! Jamais ils n'ont fait allusion à ce qui va m'arriver maintenant. Qui aurait pu prévoir que Saint-Macabre ferait de moi... UN HAMBURGER !!!

FIN

3

Oui, effectivement, tu es d'une pâleur à faire peur... Peut-être devrais-tu aller manger quelque chose ?

Le front couvert de sueur, l'estomac qui gargouille sans cesse d'une drôle de façon, tu te diriges vers la caféteria pour rassasier cette étrange faim qui te tenaille. Une faim que tu n'as jamais connue dans le passé. C'est bizarre, mais chacun des élèves que tu rencontres dans le couloir te semble soudain... APPÉTISSANT !

Eh oui, maintenant, tu les regardes avec appétit. Pourquoi ? Parce que tu es devenu toi aussi... UN CANNIBALE !

FIN

4

En sortant par le vitrail brisé, Marjorie s'égratigne très légèrement le bras sur un bout de verre cassé.

— OUCH ! Ça y est, je suis finie! gémit-elle en prenant son air d'actrice de grand théâtre. Continuez sans moi, laissez-moi mourir en héroïne. Vous donnerez ma médaille d'honneur à mon mari et vous direz à mes sept enfants que je les aime. Toi, Jean-Christophe, mon frère, je te laisse en héritage tous les p'tits gâteaux que maman nous donne pour dessert et...

— Veux-tu la fermer ! grogne son frère, cesse ta comédie. Toi, quand tu veux, tu es une vraie plaie ! À travers le monde, il n'y a pas un sparadrap assez gros pour t'empêcher de dire des conneries...

Une fois sortis de l'église, vous vous retrouvez dans la cour, entourés de haies denses d'aspect sinistre qui serpentent dans la cour.

— Mais c'est un vrai labyrinthe ! lances-tu à tes amis qui semblent aussi perdus que toi.

— C'est par là qu'il faut passer, montre du doigt Marjorie, en apercevant au loin par-dessus la cime des arbres un des bâtiments du campus de l'école.

Marchez sans vous perdre jusqu'au numéro 33.

Ce gros bouquin qui traite des zombis semble très ancien. Tellement qu'au moment où tu le prends entre tes mains, il tombe en poussière et une forte odeur de pourriture s'en dégage.

— POUAH ! fait Jean-Christophe, ce que ça sent mauvais ! Tu n'aurais pas dû y toucher. Il faut en choisir un autre...

Retournez au numéro 26.

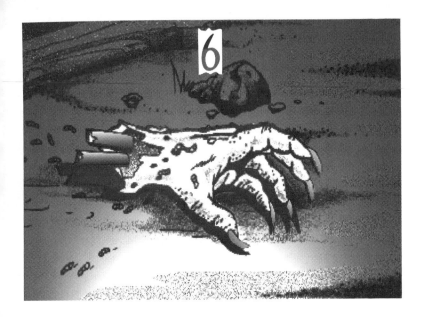

— REGARDEZ ! C'EST UNE MAIN, cries-tu en pointant du doigt le tas de débris d'où émerge une répugnante main sans corps infestée d'asticots, qui gratte le sol et avance vers nous.

— BEURK ! Il faut rebrousser chemin, s'écrie Marjorie en reculant sans lâcher la main du regard.

Si invraisemblable qu'elle t'ait paru, la légende du mort-vivant qui hante le vieux chantier te semble maintenant bien réelle. Et évidemment, comme cette légende dit

— Où se trouve la main du mort se trouve aussi le mort-vivant, il ne doit donc pas être très loin. À ta place, je regarderais en arrière...

Retourne-toi en vitesse et va au numéro 18.

7

Soudain, tu éprouves un étrange pressentiment. Comme si aujourd'hui, OUI ! AUJOURD'HUI, il allait se passer quelque chose de terrible...

Assise devant toi, ta mère sirote un café tout en feuilletant le journal qu'elle a dû arracher à ton père, comme elle le fait chaque matin depuis qu'elle s'est trouvé cet emploi dans une firme de publicité. « T'es chanceux d'avoir des parents aussi OLÉ OLÉ », te disent tes copains, même si ton paternel croit que tu devrais arrêter de courir les fantômes. « Toutes ces histoires qui ne tiennent pas debout vont finir par te rendre zinzin », te répètent-ils sans cesse.

Tu verses le sirop sur tes crêpes toutes chaudes en le regardant onduler et dessiner de jolis motifs. Au moment où tu t'apprêtes à déguster la première bouchée, l'une des manchettes de la une du journal arrête la course de la fourchette vers tes lèvres : « UN AUTRE ÉLÈVE DE L'ÉCOLE SAINT-MACABRE DISPARAÎT ». Une grande colère s'installe en toi.

— C'en est trop, il faut prendre le taureau par les cornes, ou devrais-je plutôt dire, il faut prendre le monstre par les verrues !

Deux possibilités s'offrent à toi :

PRIMO ! Lire cet article du journal, ce qui pourrait sûrement t'apporter des renseignements supplémentaires sur ce mystère. Si c'est ce que tu veux, va au numéro 14.

SECUNDO ! Tu peux aussi te contenter de déjeuner et partir pour l'école afin d'éviter d'être en retard, car comme tu sais, à Saint-Macabre, on ne DIGÈRE pas les retardataires. Dans ce cas, rends-toi au numéro 10.

Arrivés près de l'école, vous apercevez trois voitures de détective stationnées près des bureaux de l'administration.

— Si les policiers nous voient, ils ne nous laisseront jamais entrer, soutient Marjorie, bien cachée derrière un bosquet.

— Pour ne pas nous faire remarquer, il va falloir passer par la fenêtre du gym, proposes-tu aux autres. À l'instant même, l'orage éclate.

BROOOUUUUMMM !

— J'ai l'impression que nous sommes suivis, déclare Audrey en plissant les yeux pour mieux voir.

— Je ne remarque rien, répond Marjorie après avoir jeté un bref regard tout autour, c'est sans doute le bruit du tonnerre.

Soudain, un autre éclair zèbre le ciel et illumine du même coup vos poursuivants. Une meute de loups affamés ! **GRRRRRRR !** Il y en a sept ou huit. Vous vous dites que c'est sûrement un cauchemar, et que vous allez vous réveiller dans votre lit douillet. Eh bien non ! Vous êtes bien éveillés, et ces horribles loups couverts d'une épaisse toison sont bien réels. Implacablement, ils avancent gueule ouverte vers vous. Leurs yeux rougis de rage réclament du sang... S'ils vous attrapent, vous aurez la peur de votre vie, ou plutôt la peur de votre MORT...

*Pour savoir si ces loups vont vous attraper, **TOURNE LES PAGES DU DESTIN**.*

S'ils vous attrapent, allez au numéro 76.
Mais si, par contre, vous réussissez à fuir, rendez-vous vite au numéro 23.

9

En te dirigeant vers le grand corridor où se trouvent les casiers, tu te demandes si ce passage secret existe vraiment ou s'il s'agit tout simplement d'une autre rumeur.

— Il n'y a que moi qui peut croire à ce genre de truc. De toute façon, nous le saurons très bientôt, te dis-tu, car j'ai la ferme intention de fouiller cet endroit de fond en comble.

Dans le couloir, l'air te semble étonnamment frais, comme si une fenêtre était ouverte. Pourtant, il n'y a ni fenêtre ni bouche de ventilation ici.

— Regardez bien dans chacun des casiers, leur dis-tu dans un murmure étouffé.

— Il y en a plus d'une centaine, réplique Jean-Christophe. Ça va nous prendre des heures pour tous les vérifier.

— Tu as pensé à Audrey ? lui rappelles-tu en ouvrant le troisième casier.

— Regardez, lance soudainement Marjorie, la case à l'autre bout du corridor... ELLE S'OUVRE D'ELLE-MÊME !

Non, pas d'elle-même puisqu'une silhouette familière en sort... Tu ravales ta salive bruyamment. C'EST LE PROF ARNIVORE, LE CANNIBALE EN PERSONNE ! C'est donc vrai cette histoire de passage secret.

— CACHEZ-VOUS ! s'exclame Jean-Christophe, il regarde par ici...

Vous a-t-il aperçus ? Pour le savoir, TOURNE LES PAGES DU DESTIN.

S'il ne vous a pas vus, suivez-le jusqu'au numéro 61.
Mais si par malheur il vous a vus, allez au numéro 59.

10

Tu jettes un regard à ta montre, il est 7 h 42. Le visage souriant de ta mère émerge de derrière le journal qu'elle tient dans ses mains.

— Bonjour ! Si tu veux ce matin, je peux aller te reconduire à l'école avant de me rendre au bureau, te propose-t-elle en se replongeant de nouveau dans sa lecture.

— Non merci, maman, je préfère prendre l'autobus avec mes amis, lui réponds-tu avant d'entamer ton petit déjeuner.

— À ta guise, te souffle-t-elle, toujours cachée derrière son journal.

— Maman, je voudrais te parler de quelque chose... Tu sais, à propos de toutes ces étranges disparitions ? Eh bien, j'en suis venu à la conclusion que les élèves disparaissent à l'école même et non lorsqu'ils s'y rendent, contrairement à ce que tout le monde croit, lui révèles-tu, convaincu de ce que tu avances.

— Mais qu'est-ce que tu racontes là ? te demande-t-elle en fronçant les sourcils.

— Aussi incroyable que cela puisse paraître, j'ai remarqué que tous ces élèves avaient un point en commun : ILS ONT TOUS FAIT DE LA RETENUE... Ne trouves-tu pas cela étrange ?

— Mais voyons, ne dis pas de sottises ! Je crois que tu devrais cesser de lire ces romans d'horreur avant de te mettre au lit, car tu vois le mal partout lorsque tu te lèves le lendemain matin. Je dois admettre qu'il se passe des choses assez graves à l'école, mais la police nous a assurés qu'elle avait la situation bien en main. Alors je t'en prie, cesse de t'en faire et concentre-toi plutôt sur tes études, soupire-t-elle en poursuivant sa lecture.

— Si elle pense que c'est facile à faire, songes-tu en avalant un morceau de crêpe. Comment me concentrer sur mes études avec ce maniaque qui court à l'école ? C'est à croire qu'elle n'a pas lu la une du journal. Mes copains de classe disparaissent un à un, et personne, pas même la police, ne semble en mesure de résoudre ce mystère. Je sais ce qu'il me reste à faire. Je n'ai plus le choix ! Il faut prendre le taureau par les cornes ou, devrais-je plutôt dire, il faut prendre le monstre par les verrues... Avec les TÉMÉRAIRES DE L'HORREUR, je ferai ma petite enquête, te dis-tu en léchant la goutte de sirop qui coule sur le bord de ta lèvre.

Rends-toi au numéro 45.

11

— La porte n'est pas verrouillée, mais elle ne S'OU-VRE PAS ! hurles-tu à Jean-Christophe, en jetant des regards affolés à la porte et au fou sanguinaire qui s'approche...

— POUSSE-TOI, te crie-t-il. Il empoigne alors la poignée de ses deux mains, tu retiens ta respiration, et par un solide coup d'épaule, **VLAN !** la force à s'ouvrir. VENEZ ! vous lance-t-il, sortons d'ici.» Vous dévalez un après l'autre le petit escalier du bus en touchant à peine les marches.

— OUF ! soupires-tu, maintenant en sécurité dans la cour parmi les autres élèves de l'école. L'ignoble chauffeur, resté bredouille, reprend sa place et repart l'estomac vide avec son bus. Ses yeux, rougis par la rage, ressemblaient à des taches de sang sur un visage de mort. Il te regardait d'une manière si effrayante, et son répugnant sourire semblait dire : « ON SE REVERRA AU DÎNER. »

Soudain, la cloche annonçant le début des cours sonne **DRRIIIING !** comme si elle sonnait le début d'une monstrueuse histoire dans laquelle le perdant pourrait figurer... AU MENU. Tenaillé par la peur, tu entres dans l'école et te diriges nerveusement vers ton casier.

Retrouve-toi au numéro 67.

12

— C'est toujours moi qui hérite des pires corvées, se plaint Marjorie, en étirant le cou pour mieux voir à l'intérieur de la corbeille à papier. Comme elle regarde dedans, l'araignée sort d'un coup et disparaît dans une des fissures du plancher. Tout au fond de la corbeille, il y a un petit bout de papier, ou plutôt un reçu de caisse...

Pour savoir de quoi il s'agit, rends-toi au numéro 99.

13

Quel malheur ! Cette sacrée vieille clé est introuvable. Fouiller son bureau est devenu inutile, car peu importe ce que vous y trouveriez, il vous est maintenant impossible d'y donner suite. Il ne vous reste plus qu'à vous cacher et espérer..., espérer qu'une personne autre que ce professeur cannibale vienne vous délivrer.

Vous vous trouvez maintenant dans son bureau fermé à clé au numéro 52.

14

Sa lecture terminée, ta mère dépose le journal sur la table, juste en face de toi : « UN AUTRE ÉLÈVE DE L'ÉCOLE SAINT-MACABRE DISPARAÎT. »

Un simple regard sur ce gros titre te donne la nausée. Tu prends le journal, au moment où ta mère se lève, t'embrasse sur le front en te souhaitant bonne journée et quitte la maison pour se rendre à son travail. Tu scrutes alors les pages une à une jusqu'à ce que tu arrives sur celle qui parle de cette autre tragédie.

« *Il semblerait que Pierre-Michel, un élève de Saint-Macabre, ne soit jamais revenu de l'école. Ses parents ont avisé aussitôt les autorités. Ils ont aussi mentionné que Pierre-Michel faisait de la retenue après l'école. Malgré une enquête approfondie, la police n'a jusqu'ici pas le moindre indice pouvant aider à résoudre cette autre horrifiante affaire.* »

— LA RETENUE ! Je m'en doutais, te dis-tu tandis que quelqu'un sonne à la porte.

DING ! DONG ! *Va ouvrir à la page 31.*

15

Vous courez à toutes jambes dans ce tronçon de corridor comme pour vous réveiller d'un cauchemar.

Tout au fond, vous arrivez à la salle des profs, ou si tu préfères, « la salle des morts-vivant », mais il semble n'y avoir personne. Ils sont sûrement tous partis... MANGER ! Entrez par le numéro 84.

16

— Ne bougez pas d'ici, je veux savoir qui a joué de l'orgue.

Sachant fort bien que ça pourrait être dangereux, tu montes tout de même l'escalier. Dans les coins, la poussière et la pourriture témoignent de sa fragilité.

— J'espère que cet escalier est plus solide que la porte, te dis-tu.

En arrivant au haut côté de la nef, tu jettes un coup d'oeil autour de l'orgue... Il n'y a personne. Au moment où tu t'apprêtes à faire demi-tour, le vieil instrument de musique se met encore une fois à jouer quelques fausses notes.

— Étrange, ça doit être l'eau qui s'écoule du plafond qui fait ça, te rassures-tu. Mais à cet instant, tu aperçois dans la pénombre les touches du clavier de l'orgue couvert d'une multitude d'insectes difformes...

DES CENTAINES D'AFFREUX INSECTES MUTANTS !

Rends-toi au numéro 46.

17

SHH-H-H-H-H ! fait la porte en se refermant.

— Assoyons-nous ici, en avant, près du chauffeur, la presses-tu en l'attrapant par son sac à dos. Surtout, pas d'affolement, lui dis-tu à voix basse, question de la calmer un peu.

— Oh non ! Il ne faut surtout pas s'affoler, se moque-t-elle en retrouvant tout d'un coup sa verve habituelle. Non, mais as-tu vu le journal de ce matin ? poursuit-elle. Il y a un autre élève qui a disparu à l'école Saint-Macabre. C'est tout simplement catastro-phique ! Si ça continue comme ça, on va tous y passer...

L'autobus s'immobilise à un arrêt. Plusieurs élèves embarquent, et Jean-Christophe est parmi eux. Il est le plus âgé des Téméraires de l'horreur. C'est aussi le plus costaud de tes amis. Il est un peu « les muscles de la bande » ; il n'y a pas grand-chose qui lui fait peur, lui, sauf peut-être de perdre son billet pour aller à la cafétéria de l'école...

Audrey glisse sur le banc pour lui faire une place.

— Mais où est ta soeur Marjorie ? lui demandes-tu. Elle qui ne te lâche jamais d'une semelle d'habitude, est-elle malade ?

— Justement, vous ne me croirez pas... Hier à l'école, il lui est arrivé quelque chose de plutôt incroyable... ELLE S'EST FAIT MORDRE, raconte Jean-Christophe, et ce matin elle n'allait pas très bien.

— Ce sont des choses qui arrivent entre gamins, répond Audrey, ne t'en fais pas pour cela.

— Ne pas m'en faire ? répète-t-il. Ce n'est pas un autre élève qui l'a mordue...

Si ce n'est pas un autre élève, qui peut bien avoir fait ça alors ? Rendez-vous au numéro 22.

18

Oui, il est juste derrière toi...

— QUOI ! t'écries-tu en t'enfuyant à toutes jambes. Le mort-vivant qui hante le chantier est en fait... LE DIRECTEUR DE L'ÉCOLE SAINT-MACABRE !!! Oui, le directeur, répètes-tu avec une grimace épouvantée. Oui! son corps est très corrompu, mais c'est bien lui. Il s'approche d'un air vicieux, son sourire en dents de piano bourré d'asticots réclame du sang.

— S'il nous attrape, ce ne sera pas des devoirs supplémentaires ni une retenue qu'il va nous donner, vous pouvez me croire ! s'écrie Jean-Christophe. Fuyons... VITE !

— Catastrophe ! Marjorie ne peut nous suivre, car elle est aux prises avec la repoussante main du directeur qui l'a attrapée par son jeans.

— Lâche-moi, espèce de sale main pourrie, clame-t-elle en se tiraillant pour se libérer de son emprise. VA DONC TE FAIRE UNE MANUCURE ! lui crie-t-elle en lui assenant un solide coup de sac à dos, l'expédiant près du directeur. Vite, par... par ici ! Là... là c'est libre, bégaie-t-elle, encore sous le choc. Cachons-nous dans un des gros cylindres de béton là-bas.

Planqués dans la pénombre de la grosse structure de béton, vous espérez qu'il vous laissera tranquille. Mais, désillusion, il s'approche. CHUT ! il est juste au bout du tuyau dans lequel vous vous êtes cachés. Il se penche afin de scruter la noirceur.

Pour savoir s'il va vous apercevoir, TOURNE LES PAGES DU DESTIN.

S'il passe sans vous voir, fuyez vite au numéro 29.

Mais si, par contre, il vous a aperçus, rendez-vous au numéro 41.

19

C'est toujours un peu la cohue au début du cours. Le bruit des chaises qui frottent sur le plancher, les discussions entre élèves, la musique en sourdine des baladeurs, tout ce fouillis s'arrête au son de l'habituel fracas du livre lancé sur le bureau par le professeur afin de vous ramener à l'ordre. **VLAN !**

— Écoutez-moi tous, vous dit-il sur son ton habituel, monocorde et sans vie, sortez vos devoirs et vos stylos à bille ROUGES, nous allons en faire la correction.

— Max..., Maxime, chuchotes-tu à l'élève assis juste en avant de toi, je connais l'identité des responsables de toutes ces horribles disparitions.

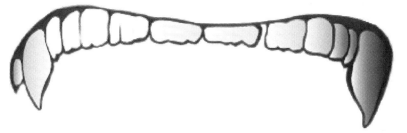

— Tais-toi, répond-il d'un ton sec, veux-tu nous faire prendre ?

— Je te le dis, je sais tout ! insistes-tu en lui prenant l'épaule.

— Lâche-moi ! grogne-t-il, agacé. Mais qu'est-ce que tu peux bien savoir de plus que la police ?

— Eh bien, pour commencer, savais-tu que Marjorie s'est fait mordre par notre professeur hier ? Ce n'est pas tout ! Le chauffeur du bus de l'école a des dents pointues comme des lames et selon *L'Encyclopédie noire de l'épouvante*, ça voudrait dire qu'ils sont tous les deux... des cannibales !

— DES CANNIBALES ! Je savais que cela arriverait un jour ; oui, je savais que toutes ces chips au B.B.Q. que tu ingurgites à la récré te feraient perdre la boule, s'exclame-t-il en se retournant vers le professeur.

Après plusieurs minutes d'une attente qui te semblait interminable... **DRIIING !** *La cloche de la récréation retentit. Tel que convenu, tu vas rejoindre tes amis près du bureau du directeur au numéro 30.*

20

Il fait très chaud. Mal à l'aise, tu ouvres très lentement les yeux pour constater que vous êtes tous les deux attachés dans un immense chaudron rempli d'eau mise à bouillir sur un poêle.

— Oh non, dites-moi que tout ceci n'est qu'un mauvais rêve ! Ils vont faire de nous une espèce de RAGOÛT D'ÉTUDIANTS ! constates-tu, en re-marquant les légumes qui flottent tout autour de toi. JEAN-CHRISTO-PHE ! Réveille-toi ! lui cries-tu en le secouant comme un pantin.

— Quoi ! que se passe-t-il ? demande-t-il en essayant de retrouver ses esprits.

— Nous sommes perdus, regarde-les, lui montres-tu. Ils se préparent à se mettre à table, et figure-toi que le repas... C'EST NOUS !

— SAPRISTI !

Soudain, alors que vous croyez qu'il ne vous reste plus rien à faire sauf d'avaler votre salive, un léger craquement provenant de la réserve juste en arrière de vous se fait entendre.

— Tu peux voir ce que c'est ? te demande Jean-Christophe à voix basse.

— Non je ne peux pas me retourner, ces liens m'en empêchent, marmonnes-tu en essayant de tourner la tête.

— Je ne sais pas de quoi il s'agit, mais ça vient vers nous...

Maintenant tu as un drôle de choix à faire. Tu peux, si tu le veux, fermer ce livre et oublier pour toujours ce cauchemar. Mais s'il te reste ne serait-ce qu'une once de bravoure, tourne ces pages jusqu'au numéro 112...

21

VRRRRRRR ! fait l'autobus en redémarrant.

— ALLONS VERS L'ARRIÈRE, souffles-tu à Audrey, qui a le visage empreint d'une expression d'horreur. Il faut dire qu'elle n'est plus que l'ombre d'elle-même depuis que les élèves disparaissent les uns après les autres.

Le bus stoppe à un arrêt. Jean-Christophe, suivi de sa sœur Marjorie, monte et se dirige vers vous. Avec eux, la bande des TÉMÉRAIRES DE L'HORREUR est complète. Jean-Chistophe, lui, c'est le costaud de la bande, il n'y a pas grand-chose qui lui fait peur à lui. L'autre, c'est sa jeune sœur Marjorie, une petite futée celle-là. Tu n'oublieras jamais qu'elle vous avait sortis d'une impasse en insérant son doigt dans l'oeil du cyclope de la montagne de la mort pendant vos dernières vacances. Avec ces deux-là à tes côtés, tes chances de faire la lumière sur cette sombre affaire sont bien meilleures.

— Avez-vous vu le journal de ce matin ? leur demandes-tu. C'est terrible, poursuis-tu sans attendre qu'ils te répondent, ça ne peut pas continuer ainsi. Je ne suis sûr que d'une chose : c'est à l'école qu'il faut chercher, car chacun des élèves disparus a fait de la retenue le jour même de sa disparition. Saint-Macabre cache un terrible secret. Nous devons absolument le trouver.

— Tu crois ? Alors qui était de garde à la période de retenue, hier ? te demande Jean-Christophe.

— Je crois que c'était notre prof, lui réponds-tu, mais je ne suis pas sûr.

Le bus s'arrête enfin à l'entrée de la cour d'école. Ce matin, ce n'est pas la cloche qui pousse les élèves à entrer en classe, mais un violent orage. Lugubre façon de commencer l'incroyable aventure dans laquelle vous voulez vous engager, tes amis et toi... Dirigez-vous vers votre classe au numéro 55.

22

— C'EST UN PROFESSEUR !

— QUOI ? Mais qu'est-ce que tu dis ? C'est un professeur qui l'aurait mordue ? lui chuchotes-tu, stupéfait, en essayant tant bien que mal de cacher ta peur.

— Je sais que cela peut sembler invraisemblable, mais c'est la vérité, vous révèle Jean-Christophe. Marjorie m'a tout raconté. Comme punition pour avoir lancé le ballon sur le toit de l'école, on l'avait mise de corvée à la cuisine avec son ami Yannick. C'est à ce moment-là que ça s'est passé.

Tes yeux fixent le visage de Jean-Christophe, qui est blanc comme un drap. Quelle histoire ! penses-tu en regardant Audrey qui tente de le réconforter.

— Y aurait-il un lien entre cet incident et les disparitions, lui demandes-tu, abasourdi par cette nouvelle. Mais au fait, de qui s'agit-il ?

— C'EST NOTRE PROFESSEUR, te répond-il, je sais que c'est difficile à AVALER, mais je vous le jure. J'ai consulté *L'Encyclopédie noire de l'épouvante*, notre prof serait un cannibale ! Il y est écrit aussi que l'on peut reconnaître un cannibale par sa peau pâle et ses dents pointues comme des lames, comme les crocs d'un carnivore. Je ne sais pas si vous avez remarqué, mais la dentition de notre professeur est vraiment proéminente. Oui, ses dents sont bien longues et... bien pointues. Et ce n'est pas la seule mauvaise nouvelle... UN CANNIBALE N'EST JAMAIS SEUL !

Le tonnerre gronde, laissant présager le pire. Le ciel s'assombrit et les premières gouttelettes de pluie font leur apparition sur les vitres du bus qui s'arrête devant la cour d'école. Sans que vous vous en rendiez compte, Izod Krocodil, le chauffeur, vous épiait et écoutait votre conversation. Lentement, il se tourne vers vous...

— Excusez-moi les enfants, mais je ne peux plus vous laisser sortir étant donné que vous avez découvert notre petit secret, vous dit-il avec une lueur gourmande dans les yeux et le sourire aux lèvres, laissant entrevoir... SES DENTS.

Tu ravales bruyamment ta salive pour mieux crier.

— NOOOOON !!! en tirant aussitôt tes amis par leurs vêtements. SORTONS PAR LA PORTE ARRIÈRE !

Mais va-t-elle s'ouvrir ? TOURNE LES PAGES DU DESTIN pour le savoir. Fais vite, car Izod le chauffeur marche vers vous en ricanant monstrueusement...

— HA ! HA ! HA !

Si elle s'ouvre, dépêchez-vous de sortir et courez jusqu'au numéro 11.

Mais si, par malheur, le chauffeur a bloqué le mécanisme d'ouverture, allez au numéro 110, pour connaître la suite.

23

En courant autour des bâtiments du campus de l'école, vous finissez par les semer. Essoufflés, mais au moins sains et saufs, vous vous collez dos au mur sous la corniche, question de reprendre votre souffle et de vous protéger de la pluie qui tombe de plus belle.

— Regardez ! PFEU ! PFEU ! C'est la sortie d'urgence tout près des bureaux des profs, vous montre Audrey. Entrons vite, je suis trempée jusqu'aux os.

Avant d'entrer, tu jettes un bref coup d'oeil par le trou de la serrure.

— C'est le bureau du professeur cannibale, chuchotes-tu. En effet, sur la porte demeurée entrouverte, il y a une plaque de laiton portant son nom : C. ARNIVORE.

Mais comble de malchance, alors que vous y mettez les pieds, la porte se referme d'elle-même. VOUS ÊTES ENFERMÉS ! Il vous est impossible de ressortir sans la clé... Vous êtes... BLOQUÉS ! Rends-toi au numéro 77.

24

Rendu près de la petite bibliothèque, Jean-Christophe tire soigneusement un à un les livres de la rangée pour mieux voir les titres : *Les Secrets du français*, *La Grammaire facile*, *Comment faire cuire un élève...*

— COMMENT FAIRE CUIRE UN ÉLÈVE ! répétez-vous tous en choeur...

— NON ! fait-il. *Comment montrer à faire cuire un*

gâteau à des élèves. Excusez-moi, j'avais mal lu, euuuh !
à cause de la poussière.

OUF ! Il n'y a plus rien qui puisse vous aider dans la
bibliothèque. Retournez au numéro 105 pour continuer la
fouille des lieux.

— ASSOYEZ-VOUS ! CE MATIN, NOUS ALLONS
COMMENCER PAR UN PETIT CONTRÔLE, vous crie
le professeur de sa voix tonitruante en prenant place derrière son bureau.

OUF ! Tu peux respirer, il semble ne pas t'avoir vu. Tu
oses à peine penser à ce qui aurait pu t'arriver si... Mais
ce n'est que partie remise ! En effet, car lorsque votre
professeur vous passe un test, une seule mauvaise
réponse vous conduit tout droit à la retenue après l'école.

— Sortez papier et crayon, voici la première question :
Le grand navigateur anglais James Cook est décédé en
1779, dévoré par des indigènes au cours d'un de ses trois
voyages. Durant lequel de ses voyages est-il mort ?

Prends bien le temps de réfléchir, car si tu te trompes,
GARE À TOI !

Si tu crois que c'est au cours de son premier voyage, rends-
toi au numéro 34.

Si tu optes pour le deuxième, va au numéro 40.

Si tu penses que c'est pendant le troisième voyage, va
au numéro 50.

Choisis un livre et rends-toi au numéro inscrit sur celui-ci...

27

Comme c'est curieux : le tonnerre gronde à l'instant même où vous mettez les pieds dehors. Vous passez au travers du cimetière Fairelemort ; l'air est tellement vicié que vous êtes forcés de vous pincer le nez.

— Je déteste la pluie, te dis-tu en contournant les vieilles pierres tombales fissurées. Soudain, tu t'arrêtes net, consterné par ce que tu vois d'écrit sur l'une d'elles.

— Je ne comprends pas, leur dis-tu en essayant de réfléchir, REGARDEZ ! Si on se fie à ce qui est gravé sur cette pierre tombale, nous nous trouvons près de la sépulture... DE NOTRE PROFESSEUR !

— QU'EST-CE QUE ÇA VEUT DIRE ? Comment cela peut-il être possible ? Il y a un immense trou juste en avant de sa pierre tombale, te fait remarquer Marjorie, comme si... Comme s'il était sorti de son cercueil. Mais cela voudrait dire que votre prof est un zombi, un mort-vivant ! Il serait mort et ensuite il serait revenu à la vie... Ça expliquerait toutes les horreurs commises à Saint-Macabre.

— LES INSECTES ! crie Jean-Christophe à la vue de la nuée de bestioles affamées qui se rapproche. Je les avais presque oubliées celles-là... REMUONS-NOUS !

Après une courte course dans la boue et dans l'herbe haute, vous arrivez à la clôture du cimetière, complètement au fond du terrain. MALHEUR ! une grande porte de fer rouillée infranchissable se dresse devant vous et elle est munie d'un cadenas à numéros.

— Nous sommes perdus, lance Marjorie toute dépitée.

— Peut-être pas, lui réponds-tu, regardez bien ce cadenas à numéros. Vous remarquerez qu'il y a trois chiffres qui sont plus effacés que les autres. Il y a le *4*, le *7* et le *9*. Il suffit de trouver l'ordre dans lequel ils vont pour l'ouvrir.

Pour fuir, vous devez trouver la bonne combinaison : allez au numéro 53.

28

Une autre case s'ouvre **CLANG !** mais cela est malheureusement suivi d'un cri :

— AAAAHHH !

— Sapristi ! Il a réussi à trouver Jean-Christophe, marmonnes-tu. Au même moment, comme si vous aviez communiqué par télépathie, Marjorie et toi bondissez hors de vos cachettes. Le directeur tourne sa tête répugnante vers vous ; Jean-Christophe, profitant de cette diversion, court vous rejoindre. Mais le mort-vivant n'a pas dit son dernier mot ! Furieux, il se rue vers vous en vociférant d'horribles menaces. S'il réussit à vous attraper, il vous fera des trucs si effrayants que personne n'a encore trouvé de nom pour les qualifier tellement c'est cruel. Va-t-il réussir à vous attraper ?

Pour le savoir, TOURNE VITE LES PAGES DU DESTIN.

S'il réussit à vous attraper, esquisse un signe de croix et allez au numéro 103.
Si, par contre, vous réussissez à lui échapper, fuyez sans tarder au numéro 32.

29

L'extrémité du long cylindre débouche sur une partie du champ qui conduit à la cour d'école.

— Vite, sortons par l'autre bout, murmures-tu aux autres en t'y dirigeant, accroupi.

L'écho du cri de fureur du directeur qui rage résonne si fort sur les parois internes du cylindre qu'il te fait frémir. Trempés jusqu'aux os, vous arrivez enfin tous les trois à l'école, mais malheureusement en retard de quelques minutes.

— Entrons par l'arrière, par la remise de monsieur Citron, leur dis-tu. monsieur Citron est le concierge. Les élèves le surnomment ainsi à cause de l'odeur citronnée de son savon à plancher. Ce n'est pas compliqué, lorsque ça sent le citron, il n'est jamais bien loin.

— La porte est fermée, vous dit Jean-Christophe, déçu. Il faut trouver une autre façon d'entrer.

— Pas question, on pourrait se faire remarquer, répliques-tu. Je sais que ce n'est pas bien, mais je vais ouvrir cette porte avec mon couteau suisse. Lorsqu'il s'agit d'une question de vie ou de mort, on peut enfreindre certaines règles. **CLIC !** Et voilà !

Pénétrez maintenant dans les entrailles de l'école Saint-Macabre au numéro 48.

Près de la porte, Audrey et Jean-Christophe attendent nerveusement ton arrivée. Audrey, très excitée, surveille le corridor d'un côté puis de l'autre tel le balancier d'une horloge qui te rappelle que le temps presse.

— Elle est fermée à clé, t'informe Jean-Christophe, c'est pas de chance !

— BOF ! fais-tu en ouvrant ton sac, ne vous en faites pas, j'ai mes outils. Voyez-vous, poursuis-tu en essayant de déverrouiller la porte, ce n'est pas bien de fouiller dans les affaires des gens, sauf lorsqu'il s'agit d'un monstre affamé. **CHLICK !** fait la serrure de la porte. Et voilà, le tour est joué ! Entrons...

— Ça sent bizarre ici, remarque Audrey en refermant la porte, je vous avertis, je ne touche à rien, moi. J'ai bien trop peur de trouver un bras ou un pied humain... ou pire encore, mon dernier bulletin. BEURK !

— Voilà l'ordinateur du directeur, dit Jean-Christophe en s'empressant de le mettre en marche.

En cliquant sur l'icône « fichier des employés de l'école », il tombe sur le fichier « dossier médical ».

Après une lecture rapide de tous les dossiers, vous n'avez rien trouvé d'anormal, sauf en ce qui concerne LA DATE DE LEUR DÉCÈS...

— Il doit sûrement y avoir une erreur, chuchotes-tu, intrigué par ce que tu viens de découvrir. D'après l'ordinateur, ils seraient tous MORTS.

Il n'y a qu'une explication à tout cela, tous les professeurs seraient... DES ZOMBIS ? Comme notre prof et Izod le chauffeur du bus de l'école. La situation devient très sérieuse. Au même instant, un bruit se fait entendre de l'autre côté de la porte. Le souffle coupé, vous vous figez sur place. La porte s'ouvre. **CRRRIIIIICK !**

Non, ton coeur ne s'est pas arrêté, au contraire, il bat TRÈS, TRÈS fort : **POUF ! POUF ! POUF !**

Le visage crispé par une grimace de frayeur, tu te rends au numéro 71.

31

DING ! DONG !

— Ouais, ouais, j'arrive, un peu de patience. Y'a pas l'feu ! dis-tu en ouvrant la porte à Jean-Christophe et Marjorie.

Eux, ce sont les autres membres de la bande des Téméraires de l'horreur. Jean-Christophe, c'est le plus costaud du groupe. Il n'y a pas grand-chose qui lui fait peur, lui, sauf peut-être son bulletin scolaire. Et l'autre, c'est Marjorie, sa soeur, une petite futée celle-là. Tu te rappelleras toujours la fois où elle s'était instituée chanteuse et avait réussi à faire fuir tout un gang de vampires en entonnant un des chants religieux qu'elle avait appris à la chorale de l'école. Espérons qu'ils seront à la hauteur de leur réputation aujourd'hui. Oh oui, avec ces deux-là, tu pourras faire la lumière sur cette lugubre affaire.

— Mais qu'est-ce que tu fais ? Vite ! nous allons être en retard, te dit Jean-Christophe en lançant son ballon de basket sur la moquette du salon.

— Pas dans le salon ! Va dehors avec ton ballon, et attendez-moi, je reviens tout de suite, lui réponds-tu.

En vitesse, tu retournes à ta chambre pour remplir ton sac à dos de trucs qui pourraient s'avérer utiles à votre petite enquête : une lampe de poche, quelques outils et ton couteau suisse.

— Voilà ! je suis prêt !

Vous courez à toute vitesse jusqu'à l'arrêt d'autobus, mais trop tard ; comme vous arrivez, le bus vous passe juste sous le nez et disparaît en tournant le coin de la rue. Tu fermes les yeux et tu te laisses délibérément tomber sur un banc public.

— Ça commence mal la journée, leur dis-tu, tout essoufflé.

Heureusement que pour te rendre à l'école, il n'y a pas que l'autobus. Tu peux passer :

par le champ adjacent à l'école, au numéro 72 ;
par l'ancien chantier de construction, au numéro 83 ;
par la vieille église abandonnée, au numéro 35.

CE N'EST PAS LE TEMPS DE MOISIR ICI !
ALORS FAIS TON CHOIX, VITE...

Furieusement, son abominable main s'élance sur toi et te passe à deux centimètres du nez pour finalement attraper seulement ta casquette. Son odeur putride envahit tes narines.

— Je ne sais pas ce qu'une main peut faire avec une casquette, mais... TU PEUX LA GARDER ! lui cries-tu.

Désormais, la voie est libre, mais je ne crois pas que la partie soit terminée pour autant, loin de là ! C'est justement de cela qu'il s'agit maintenant... d'une partie de dés, car le directeur vous poursuit toujours, le regard furieux et la bouche ouverte, laissant entrevoir ses dents acérées — OOOUUU ! Juste à y penser, tu en as la chair de poule ! Des frissons ! Et une peur bleue...

Maintenant, tu dois tourner les PAGES DU DESTIN deux fois. La première fois, pour le directeur et la deuxième, pour toi.

Si ton coup de dé est supérieur à celui du directeur, sauve-toi au numéro 62.
Mais si, par malheur, il est inférieur, cela veut dire qu'il t'a attrapé. Il ne te reste plus qu'à faire ta prière et à te rendre au numéro 103.

33

Quand tu arrives à l'école, les premières nouvelles ont l'effet d'un coup de poignard : UN AUTRE ÉLÈVE A ÉTÉ ENLEVÉ CE MATIN ET CE, DEVANT LES YEUX AHURIS DE PLUSIEURS PERSONNES.

— C'était effrayant, raconte l'un d'eux. Nous étions sur le terrain de basketball, en train de faire quelques paniers, lorsqu'un de nos professeurs a emporté avec lui la petite Audrey à l'intérieur de l'école. Elle n'avait rien fait de mal. Il était si blanc qu'on aurait dit un mort-vivant. Si vous lui aviez vu les yeux, ils étaient rouges comme du sang, et ses dents étaient très pointues et toutes couvertes d'écume. Nous étions incapables de bouger tellement nous étions effrayés.

— Peau blanche, dents pointues et yeux rouges comme du sang. Vous voulez mon avis ? demande Jean-Christophe d'un air sérieux. Je crois que ce professeur est un cannibale, un mangeur de cerveaux humains. Je me rappelle avoir déjà lu quelque chose à ce sujet dans *L'Encyclopédie noire de l'épouvante*. Ce cannibale s'en est pris à Audrey parce qu'elle est une première de classe au cerveau très juteux. Mais qui c'était, au fait, ce monstre ? leur demande-t-il.

— Il s'agit de Monsieur Cornelius Arnivore... Comprenez-vous ? MONSIEUR C. ARNIVORE ! répètent-ils tous ensemble.

CARNIVORE ! Oui, tout est clair pour vous main-tenant, il vous faut agir très vite. Si tu veux en connaître plus sur les cannibales, il y a la bibliothèque où se trouvent peut-être des livres qui traitent du sujet. Va au numéro 93.

Il y a aussi le corridor principal où, selon Marie-Pier, une copine de classe, le prof se serait volatilisé en emportant avec lui Audrey. Comment cela se peut-il ? Peut-être y a-t-il un passage secret ? Si tu veux vérifier, rends-toi au numéro 9.

34

Mauvaise réponse, le grand navigateur James Cook et toi avez au moins un point en commun. Votre histoire se termine de la même façon... PAR UN GRAND FESTIN ! Pour toi c'est la...

35

Plus loin, la silhouette délabrée de la vieille église se découpe sur le rude paysage. Ce sentier est peut-être hasardeux, mais au moins, il vous servira de raccourci et vous évitera ainsi d'arriver en retard... du moins, c'est ce que tu espères !

À première vue, tout semble très fragile par ici. Plusieurs arbres dénudés de leurs feuilles penchent dangereusement vers le sol et menacent de tomber à tout instant. Pour rajouter à cela, le martèlement de la pluie sur le toit de l'église donne à ce lieu abandonné une ambiance FUNÈBRE. Il faut être prudent !

— Nous devons passer par l'intérieur de l'église même, souligne Jean-Christophe, c'est la seule voie possible.

Vous vous dirigez vers la grande porte d'entrée. Vous constatez qu'elle est en état de décomposition avancée. Comme tu viens pour tourner la poignée, tout le portail s'écroule d'un seul coup. La poussière se dissipe, vous voyez maintenant l'intérieur de l'église...

Il y a tellement de trous au plafond qu'il pleut à l'intérieur, remarques-tu en reniflant l'odeur infecte de moisissure qui y règne. À part l'orgue au fond de la grande nef, juste au-dessus du portail principal, l'église est vide. Vous avancez tranquillement vers le centre en regardant autour de vous lorsque tout à coup, l'orgue se met à souffler... UN AIR MORTUAIRE ! D'un seul bond, tu fais volte-face pendant que Jean-Christophe et Marjorie se cachent derrière une colonne. Tu dois réagir... et vite !

Tu as le choix : décamper par un des vitraux brisés en passant par le numéro 4.

Ou tu peux jouer au téméraire en allant voir qui ou quoi, a joué ces quelques notes. Grimpe alors au numéro 16.

36

Vous atterrissez tous les trois dans un immense chariot à demi rempli de vêtements sales. L'air suffoquant d'humidité vous incommode. Le sous-sol est immense et sans cloison. À certains endroits, il fait tellement noir qu'on arrive à peine à distinguer quoi que ce soit. Quelques rats longent un des tuyaux suintants suspendus au plafond et disparaissent par une fissure du mur. Dans un coin, la silhouette massive d'un énorme objet se dessine à travers un rideau de toiles d'araignées.

— UNE MARMITE EN ÉBULLITION ! s'exclame Jean-Christophe debout sur la pointe des pieds pour voir ce qu'elle contient. Elle ne contient que de l'eau, constate-t-il, et quelques carottes. Si on voulait, on pourrait faire de la soupe pour tout le quartier là-dedans, lance Marjorie. Elle est si grosse que nous pourrions tous les trois nous baigner dedans.

— À quoi peut bien servir une marmite de cette taille ? vous demandez-vous. Et surtout, pourquoi est-elle cachée au fond du sous-sol, dans le coin le plus sombre et tout près d'une pile d'ossements ?

Vous ne le savez pas ? Et vous ne savez pas non plus que le prof mort-vivant se tient... juste derrière vous... VOUS ÊTES PRIS !

— Mais qu'est-ce que tu nous chantes-là ? Il y aurait un professeur cannibale à Saint-Macabre...

— Oui, vous devez me croire...

— Un directeur zombi, un prof cannibale et le concierge, selon ce que tu nous racontes, seraient mêlés à tout cela. Non mais, y a-t-il quelqu'un de normal ici dans cette école, par exemple un être humain qui, comme nous, se nourrit de hamburgers et de frites ? Je vous le dis, ce n'est pas une école ici, c'est un restaurant pour monstres de toutes sortes. Je pense que nous ne ferons pas long feu, leur dis-tu sur un ton résigné.

— TAISEZ-VOUS UNE SECONDE ! Je sens quelque chose... Sentez-vous quelque chose, vous autres ? demande Jean-Christophe, soucieux, le nez retroussé en l'air. Ça sent... Ça sent... LE CITRON !

— C'est lui ! C'est le concierge, soupires-tu, terrifié ; attention ! il revient...

— Qu'allons-nous faire ?

— Ce n'est pas bien compliqué, leur dis-tu, nous n'avons qu'à nous cacher dans le tas de détritus dans le coin là-bas. Ou... attendez ! Peut-être qu'on pourrait essayer de lui faire croire que nous nous sommes égarés.

Peut-être qu'il nous laissera partir ?

Si tu veux essayer de te sortir de cette impasse en tentant de lui faire croire que vous vous êtes perdus, rends-toi au numéro 104.

Mais si, par contre, vous ne voulez courir aucun risque, allez vous cacher parmi les détritus au numéro 54.

38

En regardant par le grillage du plafond, tu t'aperçois que le conduit de ventilation débouche sur une grande pièce plutôt sombre. — Hep là, chuchote Marjorie, dis-nous ce qu'il y a en bas ?

— On ne peut pas voir, lui réponds-tu, il fait trop noir. Attends, je vais sortir ma lampe de poche. **CLICK !** Le faisceau de la lampe éclaire maintenant la tête d'un palmier tout juste en bas du grillage. — Nous sommes juste au-dessus de la serre de l'école. En nous servant du palmier, nous pourrons descendre jusqu'à terre.

D'un coup de pied, tu ouvres le grillage et, l'un après l'autre, vous dévalez le palmier jusqu'au sol. — Je n'ai jamais été très forte en sciences de la nature, mentionne Audrey, alors ne vous fiez pas à moi pour trouver la sortie dans cette jungle. Audrey a raison : c'est une jungle, car la courte marche en quête de la sortie se transforme vite en heures d'exploration inutiles. Il vous faut accepter cette triste réalité : cette serre ressemble plutôt à une forêt pleine... d'allées labyrinthiques ! VOUS ÊTES PERDUS !

Perdus ! Oui, et ce n'est pas la première fois qu'un étudiant se perd et disparaît dans l'immense serre de Saint-Macabre, dévoré par les fameuses plantes carnivores d'Alcantaria ou empoisonné par les épines d'un cactus vénéneux provenant des grottes du mont Cruel. Et si c'était ce cannibale qui vous trouvait parmi ces plantes ? Serait-il possible qu'il soit soudainement pris d'une envie de déguster... UNE SALADE DU CHEF, DE CLASSE ?

Tes amis te disent souvent : « Tu marches tellement vite qu'on dirait qu'il y a le feu ».

En ce moment, c'est tout à fait justifié, car tu brûles d'envie d'en finir avec cette histoire une bonne fois pour toutes.

Audrey est toujours derrière toi, suivie de Jean-Christophe. Elle arrive à peine à suivre ton rythme. Arrivé à l'entrée de la classe, tu jettes un bref coup d'oeil à travers la vitre givrée de la porte.

— Il n'y a personne, dis-tu à Audrey pour la rassurer, elle qui reste muette comme une carpe. Surveille bien le corridor, et si quelqu'un arrive, fais-moi signe.

— Quel signe veux-tu que je te fasse ? demande-t-elle.

— Je ne sais pas, moi, tiens, si quelqu'un vient dans le couloir tu diras : « J'ai tellement faim que je mangerais ma main ! »

— C'est pas croyable à quel point tu peux être dégueu quand tu veux, chuchote-t-elle, cesse tes pitreries, allez ! dépêche-toi.

Tu entres aussitôt dans la classe pour en ressortir quelques secondes plus tard, brandissant le livre comme un trophée. C'EST GAGNÉ !

Rendez-vous au bureau du directeur, au numéro 51.

À la maison, tu avais tout ton temps pour étudier. Est-ce que tu l'as fait ? Sûrement pas, car cette mauvaise réponse en fournit la preuve. Pour toi et tes copains, c'est la...

— Il nous a vus ! SAUVE QUI PEEUUUT !!! À la file indienne, vous sortez rapidement de l'énorme cylindre de béton en filant directement vers l'école avec le directeur toujours à vos trousses.

— À part le brocoli, il n'y a rien que je déteste plus que d'être poursuivi par un directeur devenu zombi et par sa main dégueulasse, pleine d'asticots, lance Marjorie en prenant ses jambes à son cou.

— Tu dis cela comme si ça t'arrivait tous les jours, réplique Jean-Christophe. Est-ce bien loin encore ? Je suis à bout de souffle, moi.

Au détour du grand chêne, l'école Saint-Macabre apparaît enfin, entourée d'immenses nuages noirs chargés de pluie. L'orage éclate lorsque vous mettez le pied dans l'école. JUSTE À TEMPS !

— DANS LES CASES ! cries-tu, cachons-nous dans les cases, vite ! LE VOILÀ !

Rapidement, tu prends place dans une des cases qui se trouvent au numéro 47.

42

— PETITE IDIOTE ! Ce n'est qu'une POINTE DE PIZZA, répond Marjorie. Ne dis plus de telles sottises, tu vas nous rendre malades.

Au moment où il s'apprête à commencer son frugal repas, il constate du coin de l'oeil qu'Audrey n'est plus là où il l'avait attachée. Alors il dépose doucement sa pizza sur la table et, de ses si effrayants petits yeux, il se met à la chercher partout dans chaque recoin de la pièce.

— Oh ! Oh ! il va finir par nous trouver, chuchotes-tu à Jean-Christophe, aide-moi. Nous allons créer une diversion, afin de sortir d'ici. Faisons tomber cette grande étagère remplie de contenants de peinture.

D'une simple poussée, vous faites basculer l'étagère qui s'écrase juste à ses pieds dans un fracas épouvantable : **BROOUUUMM !** C'est le moment de fuir, mais vous verra-t-il avant que vous sortiez ?

*Pour le savoir, **TOURNE LES PAGES DU DESTIN.***

S'il vous a vus, allez au numéro 88.

Si le vacarme et les éclaboussures de peinture ont fait en sorte qu'il ne vous a pas vus, fuyez vite au numéro 91.

— ENTRONS PAR ICI ! vous lance-t-elle en ouvrant la porte de la cage d'escalier. Vous vous précipitez aussitôt pour la suivre.

— Mon piège est assez simple : videz tout le contenu de vos sacs à dos sur les marches, débite-t-elle rapidement. Livres, crayons, stylos à bille, cahiers, gommes à effacer, tout. Lorsqu'il descendra, continue-t-elle d'expliquer, il posera sûrement le pied sur une de ces marches et là... **BOUM !** Maintenant, il faut descendre un étage plus bas, précise Marjorie en s'assoyant sur la rampe de l'escalier pour glisser afin de s'y rendre plus rapidement. Vous la suivez immédiatement en faisant de même.

— Ce plan peut avoir l'air banal à première vue, mais ça vaut la peine d'essayer. N'importe quoi pour sauver notre peau, songes-tu pendant que Marjorie et Jean-Christophe, maintenant immobiles, gardent leurs yeux rivés sur le haut de l'escalier, attendant la suite des événements.

— Là, sur le mur..., chuchote Jean-Christophe, l'interrupteur ! Il faut éteindre la lumière. De cette façon, il y a plus de chances qu'il ne voit pas ce qui l'attend.

CLICK ! La noirceur totale...

La porte grince **SHRRRIII !** Ton coeur bat à vive allure : **POM POM POM !** Et l'estomac du cannibale émet un gargouillis atroce : **GLOUB GLUB !**

Pour savoir si le prof cannibale apercevra le piège que vous lui avez tendu, TOURNE LES PAGES DU DESTIN.

S'il ne voit rien, allez au numéro 63.
Mais si, par malheur, il a vu le traquenard qui l'attendait, rendez-vous au numéro 101.

44

— Nous n'avons pas d'autres solutions : il faut passer près de l'étang en contournant les arbres et en faisant bien attention de ne pas mettre les pieds dans cette eau infestée de sangsues, leur apprends-tu à leur grand désarroi. Allons, pressons le pas !

— DES SANGSUES ! lance Jean-Christophe, découragé d'avoir à vivre ce péril. Mais t'as pas les yeux en face des trous ? Regarde, il y a très peu de place pour passer. Et si je tombe, ces espèces de vers dégoûtants vont me grimper dessus pour me sucer le sang !

— C'est pour cela qu'on l'appelle « l'étang des petits vampires », il est plein de sangsues. Mais ne t'en fais pas, je suis déjà passé par ici, lui dis-tu pour le rassurer ; suis-moi et tu vas voir comme c'est facile.

Seulement cette fois-ci, c'est différent. L'abondante pluie qui tombe sur les feuilles mortes rend le sol... *très glissant*. À mi-chemin, ce que Jean-Christophe craignait depuis le début se produit. Marjorie perd pied et se met dangereusement à glisser. Pour éviter de tomber dans cette repoussante marre d'eau stagnante, elle s'agrippe à Jean-Christophe, que tu retiens par son sac à dos.

— Ne nous lâche pas, te supplient-ils tous les deux. Mais ce qui devait arriver arrive. Vous vous mettez tout à coup à patiner dans la boue d'un côté et de l'autre puis **PLOUCH !** vous vous retrouvez tous les trois sur le derrière dans l'étang.

— LES SANGSUES ! Il y en a des dizaines et des dizaines, leur cries-tu, sortons vite d'ici !

Vont-elles vous attraper ? Pour le savoir, TOURNE LES PAGES DU DESTIN.

Si vous réussissez à vous enfuir, partez et rendez-vous au numéro 107.

Mais si, par malheur, elles vous attrapent, allez au numéro 70.

45

Ton petit déjeuner terminé, tu retournes à ta chambre pour t'habiller, prendre ta lampe de poche et ton petit coffre à outils. Après avoir tout bien caché au fond, sous tes livres et tes cahiers, tu tires sur la fermeture éclair de ton sac à dos.

Tu te diriges d'un pas rapide vers l'arrêt du bus de l'école, et Audrey s'y trouve déjà. Audrey est la plus jeune de la bande des TÉMÉRAIRES DE L'HORREUR, celle que tu te plais à surnommer Miss Catastrophe, à cause de sa fâcheuse habitude d'exagérer les situations. Cette fois-ci, elle n'a nul besoin d'amplifier quoi que se soit, les faits parlent d'eux-mêmes. Plus d'une fois, lors de vos aventures précédentes, elle vous a évité de tomber entre les mains de monstres ou d'autres bêtes malfaisantes. Comme si elle était douée d'un sixième sens, oui! comme si elle pouvait, lorsque la situation semble critique, PRÉDIRE L'AVENIR !

Au moment où tu arrives à sa hauteur, l'autobus s'arrête devant vous et fait basculer ses portes.

— Audrey, entre vite, je dois tous vous parler, lui lances-tu en y mettant le pied.

— As-tu vu le journal de ce matin ? te demande-t-elle, l'air effrayé.

— Oui, et c'est justement pour cela que je veux tous vous voir. J'ai ma petite théorie là-dessus, et tu verras, elle n'a rien de très rassurant ; je vais t'expliquer.

Où vous asseoir maintenant ? En avant de l'autobus, près du chauffeur ? Rends-toi au numéro 17.

À l'arrière, loin des oreilles indiscrètes ? Dans ce cas, va au numéro 21.

46

Ton élan de curiosité freiné par la peur, tu sens un de ces odieux insectes se promener sur ton bras puis se perdre dans la manche de ton chandail. BEURK ! Tenaillé par le dégoût, tu gesticules vigoureusement jusqu'à ce qu'il en ressorte.

— PAR ICI ! te crie Marjorie, il y a une autre sortie près de l'autel.

Poursuivis par cette horde de parasites avides de sang, vous quittez l'église en courant jusqu'au numéro 27.

47

Dans cette cachette exiguë, l'attente semble interminable. Coincé par le manque d'espace, tu arrives à peine à respirer. Soudain, tu entends la porte se refermer. Ça ne peut être que lui, te dis-tu. Tout à coup, une case s'ouvre, puis une autre... Il sait pertinemment que vous êtes cachés ici. Il ouvrira toutes les cases jusqu'à ce qu'il vous trouve.

Rends-toi au numéro 28.

Monsieur Citron, notre concierge, fait un assez bon travail à l'école, mais sa remise... Quel fouillis ! C'est loin de sentir le citron ici, remarques-tu. Ça sent plutôt la pourriture.

TCHIC !

— Vous avez entendu ? demande Marjorie, je crois que quelqu'un s'en vient par ici. Le directeur, ce monstre répugnant, peut-être ?

TCHI-TCHIC !

— N-N-NON, ça... ça vient d'ici, bégaie Jean-Christophe, le cœur haletant. Ça vient du coin là-bas, murmure-t-il, entre les vadrouilles, là ! Il y a quelqu'un, je vous le dis. Partons pendant qu'il est encore temps !

— Je n'ai pas peur des revenants, moi ! lance Marjorie, intriguée malgré tout par le bruit.

Juste avant de sortir, tu t'étires le cou, question de voir de qui il s'agit.

— OH NON ! souffles-tu d'une voix étouffée. Ce

n'est pas un fantôme, c'est Audrey, une copine de classe. Elle a été attachée au calorifère.

Eh oui, la petite Audrey est ligotée et bâillonnée. Elle peut à peine respirer. Sans perdre une seconde, Jean-Christophe court la retrouver et lui enlève le morceau de tissu qui lui recouvre la bouche.

— C'EST MONSIEUR CITRON ! s'écrie-t-elle, affolée. Il m'a lié les mains et les pieds. Regardez tous ces produits ! Ce ne sont pas des produits de nettoyage, ce sont des épices et des sauces. Il voulait me servir pour le dîner au PROF CANNIBALE.

Rends-toi au numéro 37.

— Je suis vraiment désolée, insiste Marjorie en courant à toutes jambes dans l'allée centrale pour se rendre à la sortie.

— Je savais que la peur donnait des ailes, mais je ne pensais pas que c'était des ailes d'avion ! t'exclames-tu en la regardant décamper à toute vitesse.

Dans le corridor, Jean-Christophe pointe du doigt une

sortie d'urgence qui donne à l'extérieur, sur la rue Belle-Mort.

— Par là ! dépêchez-vous ! Il s'en vient et il n'a pas l'air content.

— Elle est verrouillée ! C'EST UN CUL-DE-SAC ! hurle Marjorie en tentant en vain de l'ouvrir. C'est inutile, elle ne s'ouvre pas. Sur le mur ! s'exclame-t-elle tout à coup, le tiroir à bascule de la chute à linge sale. Déguerpissons par là !

C'est bien beau, mais vous ne savez pas si ce tiroir est verrouillé. Pour le savoir, TOURNE LES PAGES DU DESTIN.

S'il s'ouvre, glisse jusqu'au numéro 96.
Mais si, à votre grand malheur, il est verrouillé, découvre la suite de ton aventure au numéro 106.

50

De quel terrible destin cette BONNE RÉPONSE t'a-t-elle sauvé ? Vaut mieux ne pas chercher à savoir! Retrouve-toi, toujours en entier, pour l'instant du moins, au numéro 58.

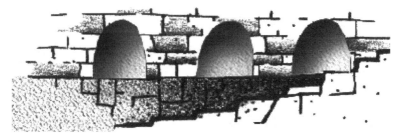

TOC ! TOC ! 51 TOC ! TOC !

— Excusez-nous, mais pourrions-nous parler au directeur ? C'est pour une affaire de la plus haute importance, insistes-tu auprès de Johanne, la secrétaire qui, remarquant ton regard si sérieux, semble convaincue de la gravité de ta demande.

— Mais entrez, entrez donc, je vous en prie, vous répond-elle sans attendre.

— De quoi s'agit-il ? Je n'ai pas que ça à faire, voyez-vous ! lance le directeur d'un ton sévère.

— Monsieur, nous connaissons le responsable des disparitions, lui révèles-tu, convaincu de ce que tu avances. Vous ne me croirez peut-être pas, mais il s'agit de notre professeur. En plus, nous croyons qu'il est un cannibale. IL SE NOURRIT D'ÉLÈVES ! Je vous le dis, insistes-tu, regardez ce livre, il est couvert de sang. Je l'ai pris sur son pupitre. CE PROFESSEUR EST UN CANNIBALE. Il faut appeler la police ! ajoutes-tu sur un ton paniqué.

— J'ai toujours eu certains doutes sur lui, te répond-il, mais je n'avais encore aucune preuve. Mais maintenant, avec ce livre, nous le coincerons. À cette heure-ci, tous les instituteurs sont dans la salle des profs. Allons les rejoindre de ce pas. Ce sera bientôt terminé, toutes ces monstruosités à l'école Saint-Macabre, conclut-il en fronçant sévèrement ses gros sourcils touffus.

Retrouve-toi au numéro 81.

52

— Cet endroit est un vrai taudis et en plus, ça sent bizarre, remarques-tu en cherchant désespérément un coin où vous pourriez vous cacher.

— Nous avons passé l'âge de jouer à cache-cache, te fait remarquer Jean-Christophe. Il y a tellement de poussière et de toiles d'araignées que je crois que je... je... je vais éternuer : ATCHOOOUM !

Vous devez attendre pendant plusieurs minutes et même plusieurs heures avant que quelque chose ne se passe. Audrey, fatiguée, jette un coup d'oeil à sa montre qui brille faiblement dans le noir. Il est 20 h 45. L'atmosphère s'alourdit et devient presque palpable, la nuit s'en vient...

Planqué entre les meubles délabrés de la pièce, tu entends soudain un bruit provenir du couloir, un bruit de pas qui s'arrête juste devant la porte du bureau où vous vous trouvez. À travers la vitre sale apparaît brusquement une silhouette familière. Le professeur cannibale... AVEC UNE FOURCHETTE À LA MAIN !

Vous vouliez connaître la peur, eh bien, vous êtes... SER-VIS ! Tu te retrouves au numéro 76.

Tout tremblotant, tu prends le cadenas dans ta main, prêt à tourner le cadran jusqu'au premier chiffre. Si tu penses que la bonne combinaison est :

le 4, 7 et 9, rends-toi au numéro 56 ;
le 7, 9 et 4, va au numéro 64 ;
le 9, 4 et 7, rends-toi au numéro 89.

— Oublie ton histoire, il ne nous croira jamais. Allons plutôt nous cacher, te chuchote Jean-Christophe tandis qu'il DISPARAÎT sous les tablettes contenant de la peinture. Viens vite, le voilà... Au même instant, le concierge entre dans la pièce et se met à ranger son matériel.

— Il m'a toujours fait un peu peur, monsieur Citron, murmure Audrey. Je le trouve si étrange. Son visage est si ratatiné, tout rabougri, on dirait un adulte qui refuse de grandir. Il ne parle jamais, il me flanque la trouille lorsqu'il me regarde de ses yeux si petits et noirs comme des billes.

— Mais pourquoi ne s'en va-t-il pas ? demande Marjorie en épiant ses moindres gestes.

Après avoir replacé son équipement, il se dirige vers un petit réfrigérateur tout poussiéreux pour y prendre...

— UNE TRANCHE DE CERVEAU HUMAIN GRATINÉ ! lance Audrey, tout à coup prise d'une soudaine envie de vomir.

Rendez-vous au numéro 42.

La classe est vide, personne n'est encore arrivé.

— Regardez sur le bureau ! indique Audrey, le porte-documents, c'est celui du prof. Voilà notre chance de vérifier s'il est vraiment mêlé à toute cette histoire de fou.

— Ce ne sera pas nécessaire, lui signales-tu, en t'approchant du pupitre. Regardez, ce curieux livre, et ces taches de sang...

— OUACH ! DU SANG ! s'exclame Audrey toute dégoûtée...

— C'est le fameux livre que le prof traîne habituellement partout avec lui, sans le montrer à qui que ce soit, souligne Jean-Christophe. Quel est le titre ?

— LE CANNIBALISME. Qu'est-ce que ça veut dire CAN-NI-BA-LIS-ME ? demande Marjorie.

— Ça signifie que notre prof est un répugnant cannibale, les taches de sang le confirment, lui répond son frère
Jean-Christophe. Inutile de créer un vent de panique. À
la fin du cours, nous irons voir le directeur avec tout ce
que nous savons.

À l'instant même où tu déposes le bouquin sur le
bureau, votre professeur entre, et comme d'habitude, il
est d'humeur massacrante. Il jette un coup d'oeil vers les
autres élèves, puis son regard froid et intimidant s'arrête
brusquement sur toi. S'est-il aperçu que tu tenais son
livre ?

Pour le savoir, tourne LES PAGES DU DESTIN.

Si ton professeur a VU que tu tenais SON livre, le malheur s'abattra sur TOI, car maintenant, il sait que tu connais son terrible secret. Rends-toi alors au numéro 110.
Mais si, par chance, il n'a pas eu le temps de te voir, va en douce t'asseoir à ton pupitre au numéro 25 et remercie ta bonne étoile.

... 4, 7 et 9. Tu tires alors de toutes tes forces, mais en vain. Ce n'est malheureusement pas la bonne combinaison. Les insectes se rapprochent de plus en plus, mais tu as encore le temps d'essayer une autre combinaison. Tu n'as plus rien à perdre de toute façon, mais tout à gagner !

Vite, retourne au numéro 53 et tente ta chance à nouveau.

57

Dans le corridor, il ne reste plus que quelques élèves. Parmi eux, la petite Audrey. Elle referme sa case avant de se diriger vers sa classe. Mais tandis qu'elle marche seule dans le couloir, le professeur mort-vivant jaillit de la classe d'informatique, la saisit, et l'emporte en lui mettant la main sur la bouche pour l'empêcher de crier.

— NON ! Où l'emmène-t-il donc, ce cannibale ? demande Marjorie, à la fois effrayée et confuse. Est-ce qu'il sait que c'est interdit de manger les gens ?

— Cesse de dire des conneries, insistes-tu pendant que le zombi disparaît par l'escalier de secours qui conduit à la cave. Nous allons le suivre jusqu'au sous-sol et toi, Marjorie, tu iras chercher le directeur. Dis-lui que nous tenons le maniaque de l'école Saint-Macabre.... VAS-Y VITE !

Allez au numéro 80 pour la suite...

C'est affreusement pénible d'avoir à attendre jusqu'à la récréation, surtout quand tu brûles de passer à l'action.

— Encore cinq minutes, te dis-tu en regardant ta montre. Je jure d'aller au fond de cette histoire, car plus j'observe mon prof et plus je trouve qu'il a l'air d'un cannibale, ou quelque chose de pire dans le même genre.

Tandis que tu es perdu dans tes pensées...

— PSSSST ! fait Jean-Christophe, tout bas. Tu tournes la tête vers lui, tout en gardant un oeil sur ton professeur.

— Qu'est-ce qu'il y a ? demandes-tu, agacé.

— Es-tu sûr de vouloir rencontrer le directeur ? te questionne-t-il. Et si nous nous trompions ? Tu sais que c'est grave si nous rapportons des faussetés.

— Tu veux une autre preuve ? lui demandes-tu, et sans même lui laisser le temps de répondre, tu ajoutes qu'il ne vient jamais manger à la cafétéria. Pourquoi ? parce qu'il apporte sa propre bouffe. Je ne sais pas si t'as remarqué, mais tu as vu la grosseur de sa boîte à lunch ? Elle est tellement grande qu'on dirait qu'elle a été fabriquée à partir d'un cercueil trouvé dans un salon mortuaire...

— T'as raison, poursuit-il, il y a trop d'indices qui jouent contre lui. Et si on appelait la télé ? Cette histoire est un scoop extraordinaire !

DRRIIIIIIINNNG ! La sonnerie de la cloche annonce enfin la récré.

Rends-toi au bureau du directeur, au numéro 78.

Son terrifiant visage se crispe en une grimace gourmande... IL VOUS A VUS ! Il se rue vers vous en se martelant la poitrine.

— Sauve qui peut ! hurles-tu en poussant brus-quement Marjorie dans la direction opposée.

— ATTENDEZ-MOI ! vous crie Jean-Christophe en emboîtant le pas, je ne veux pas finir en croque-monsieur !

Après quelques minutes d'une course folle dans les dédales de l'école, tu es à bout de souffle, et ton coeur bat si vite qu'on dirait qu'il va te sortir de la poitrine. Mais tu sais que tu dois continuer pour ne pas tomber entre ses griffes. Son horrible silhouette se rapproche, il est si près que tu peux presque sentir son haleine fétide. La situation devient très sérieuse...

— *J'AI... UN... PLAN ! crie soudainement Marjorie, tout essoufflée. Partons vers le numéro 43.*

Tu enlèves avec ta main la poussière qui couvre le livre. Tu feuillettes les pages une à une, puis tu t'arrêtes à un paragraphe qui se lit comme suit :

« *Un cannibale se nourrit de chair humaine ; ce peut être n'importe qui : un homme, un zombi ou même un*

mort-vivant. Il faut être prudent, car un cannibale n'agit jamais seul. »

Et bla bla bla. Prenons un autre livre.

Retournez au numéro 26.

— OUUUUUF ! Tu pousses un long soupir de soulagement quand l'horrifiant cannibale tourne les talons et part en direction de l'auditorium. Il ne nous a pas vus, il s'en est fallu de peu... TRÈS PEU !

Sans le quitter des yeux, vous vous mettez à le suivre en vous cachant de temps à autre derrière les colonnes du couloir afin de ne pas vous faire voir.

— On ne renoncera pas avant d'avoir retrouvé Audrey, déclare sur un ton décidé Marjorie. Regardez, il cherche quelque chose.

— TAIS-TOI ! lui dis-tu, le souffle coupé par la peur. Le professeur s'arrête et entre dans les loges de l'auditorium. Allons-y, suivons-le !

Lentement, tu pousses sur la porte des loges afin de t'assurer que la voie est libre. Personne en vue ; vous entrez et vous vous retrouvez dans la pièce où s'habillent les acteurs avant les spectacles.

— Où est-il passé ? demande Jean-Christophe. Est-ce que tu le vois, toi ?

— Non ! t'exclames-tu, voyez vous-mêmes, il s'est volatilisé...

— Non, mais regardez-moi tous ces costumes ! s'exclame Marjorie, éblouie par leur beauté. Des déguisements de prince, de bouffon, de danseur et même... de monstre ! Non mais regardezmoi celui- là comme il est

— Non, mais regardez-moi tous ces costumes ! s'exclame Marjorie, éblouie par leur beauté. Des déguisements de prince, de bouffon, de danseur et même... de monstre ! Voyez celui-là comme il est laid, regardez ! insiste-t-elle en pointant du doigt un des costumes qui se met subitement... À BOUGER !

— Sapristi, ce n'est pas un costume, C'EST LUI ! leur cries-tu, c'est ce cannibale, il était caché. Filons par cette porte entrouverte. Vite !

Sauvez-vous au numéro 95.

62

— Par ici..., entrons par ici ! C'est la cuisine de la cafétéria, dit Jean-Christophe en poussant les portes battantes. Il n'y a personne, et toutes les lumières sont éteintes. Je vous conseille de ne pas allumer, car cela informerait à coup sûr le directeur de notre position. Allons plutôt au fond, vous montre-t-il, il doit certainement y avoir une porte pour la réception des marchandises. Nous pourrons sortir par là.

Tout en passant entre les tables de travail, tu remarques, entouré d'une panoplie d'instruments de boucherie bizarres, que sur l'une des cuisinières se trouve un immense... CHAUDRON EN ÉBULLITION !

— WOW ! vous avez vu la grosseur de ce récipient ? leur demandes-tu, impressionné. Il est si grand qu'on pourrait tous se baigner dedans. SORTEZ VOS MAILLOTS !

— Tu ne crois pas si bien dire, souligne Marjorie. Regardez cette feuille accrochée sur le babillard. C'est le menu d'une fête qui se déroulera samedi prochain, tard dans la nuit, dans le gymnase. C'est écrit : *Tombola annuelle des morts-vivant*. Et regarde, ton nom y est inscrit, et pas en tant qu'invité... TU FAIS PARTIE DU MENU ! Dis-moi, tu veux encore te baigner ?

— T'es folle, il faut se rendre au poste de police qui se trouve au numéro 75, et n'oublie pas d'apporter le menu, c'est une preuve irréfutable que l'école est sous l'emprise d'une horde de zombis...

63

Un craquement désagréable de vieux os agace vos oreilles à chacun des pas que fait cet être immonde. La tension monte, et une peur quasi-insupportable vous noue la gorge. Si jamais il trébuche, t'imagines-tu, ça va faire un bruit du tonnerre. ATTENTION ! IL DESCEND...

Au moment où il pose le pied sur l'une des marches de l'escalier, il marche en plein sur le tube de colle. **PROOUUCHT !** Comme Marjorie l'avait prévu, il perd aussitôt l'équilibre et se met à débouler les marches, laissant échapper des râles d'agonie à chacun des tonneaux que fait son corps, **SHLONK ! SHLONK ! SHLONK ! SHLONK !** Finalement, il atterrit inconscient aux pieds de l'escalier, où se trouve Jean-Christophe qui, terrorisé, recule jusqu'à ce qu'il se heurte le dos au mur : AÏE !

— Je crois qu'il a eu son compte. Il est assommé bien comme il faut, constates-tu en faisant une brève inspection près du corps inerte.

— J'ai encore sauvé la situation, se vante Marjorie, la tête haute et le sourire fendu jusqu'aux oreilles, comme si elle attendait une médaille.

Rendez-vous au numéro 87.

CLIC ! ET **DÉCLIC !** Il s'ouvre !

— OUUUAAAIS ! criez-vous tous en chœur. Sortons d'ici au plus vite ! leur lances-tu en poussant sur la grille de toutes tes forces.

— Nous ne sommes plus très loin de l'école à présent. Après L'ÉTANG DES PETITS VAMPIRES, nous y serons ! leur dis-tu pour qu'ils prennent patience.

Un peu plus loin, comme prévu, un immense étang d'eau noirâtre bloque le passage. C'est le dernier obstacle à traverser avant d'arriver à l'école Saint-Macabre, mais il est de taille !

Tu te retrouves au numéro 44.

Tu te réveilles brusquement dans un cri d'effroi : YAAAAAHHH ! Craignant le pire, tu ouvres un oeil pour regarder lentement autour de toi. Non, tu n'es pas dans un réfrigérateur, ni dans un immense chaudron en train de bouillir. Tu es tout simple-ment dans la salle des professeurs. Tu te lèves du sofa sur lequel tu étais couché.

— Mais où sont donc passés les autres ? Est-ce que tout cela n'était qu'un rêve ? te demandes-tu ; est-ce que toute cette épouvantable histoire n'était qu'un vilain cau-chemar ?

— Je me sens tout drôle, il y quelque chose qui cloche, remarques-tu tout à coup. Ma peau est toute blanche, j'ai la peau aussi pâlotte qu'un MORT...

Curieux, en effet ! Que se passe-t-il ? Rends-toi vite au numéro 3.

66

Vous arrivez peu après dans la cour de l'école... La cloche annonçant le début des cours sonne. **DRRRIIIING !**

— On peut dire malgré tout que nous avons eu de la veine, leur fais-tu remarquer, nous ne sommes même pas en retard.

— Regarde à la fenêtre ! te chuchote Marjorie, c'est ton professeur, tu sais, le « mort-vivant »... Il surveille les moindres gestes de la petite Audrey. Ce monstre de zombi doit sans doute la trouver BELLE À CROQUER !

— Nous le tenons, dis-tu avec conviction, de la façon dont il regarde Audrey, elle va sûrement être sa prochaine victime. Nous n'avons qu'à le suivre jusqu'à ce qu'il passe à l'attaque. Et là, nous entrerons en action.

— Ça boume ! te répond-elle pour accepter ton plan...

Entrez dans l'école par le numéro 57, mais vous ne devez pas quitter le professeur des yeux, sinon il vous échappera...

67

C'est curieux, l'école semble tellement plus sinistre maintenant que tu connais les raisons de toutes ces disparitions.

— Je ne peux pas croire que tous mes amis ont été dévorés par des cannibales, songes-tu. Combien y en a-t-il de ces « mangeurs de cerveaux « dans l'école ? Un, deux, toute une meute ?... C'est tout à fait invraisemblable qu'un professeur soit une espèce de monstre, te dis-tu en ouvrant ta case.

— Maintenant, peux-tu me parler de ta fameuse théorie ? te demande Audrey toute tourmentée.

— Eh bien, voici. Mais à peine as-tu commencé à lui expliquer que tu es interrompu par Jean-Christophe qui revient vers vous en courant.

— REGARDEZ ! vous crie-t-il, tout énervé, j'ai trouvé ce message du directeur collé sur ma case. C'est un billet de retenue pour manquement au code de la cour d'école. Mais je n'ai rien fait de mal, c'est un coup monté, je vous dis. Voyez vous-mêmes ! Je dois me rendre dans la pièce située près de l'auditorium à la récré. Et voilà, dit-il, je vais finir en boulettes de viande dans un spaghetti...

— Mais non, le rassures-tu en lui arrachant le billet des mains. Tu ne te rendras pas à la retenue. Mais plutôt, pendant qu'il t'attendra là-bas, nous irons dans son bureau. Nous nous servirons de l'ordinateur pour fouiller dans les fichiers du personnel. Peut-être trouverons-nous un indice qui aidera la police à élucider toute cette sombre histoire.

— GÉNIAL ! te répondent-ils.

Vous vous dirigez alors vers votre classe, au numéro 19.

68

Le godet ne contient pas de crayons, mais en le prenant dans ta main, tu peux sentir par son poids qu'il n'est pas vide. Tu essaies de voir ce qu'il contient, mais tu n'y arrives pas, car il fait trop sombre dans la pièce. Sans réfléchir, TU Y GLISSES LES DOIGTS... pour les ressortir recouverts d'une matière froide et horriblement visqueuse.

— Mais qu'est-ce que c'est que cette dégoûtante chose ? demandes-tu aux autres. Ce n'est pas un godet à crayons, c'est une tasse. Elle contient encore une vieille soupe aux nouilles. BEURK ! fais-tu en t'essuyant les doigts sur le rebord du pupitre.

Pendant que tu finis de te nettoyer la main, quelque chose de très très étrange se produit. En effet, la petite masse de soupe aux nouilles s'est muée avec le temps en petite créature tout dégoulinante, et elle se met soudain à bouger et... à ramper vers toi !

— AAAAAHHH ! Mais qu'est-ce que c'est que cette diablerie, ELLE M'ATTAQUE ! cries-tu tandis qu'elle se colle à ton bras...

Tranquillement, elle rampe jusqu'à ta bouche. Tu essaies de serrer les dents, mais en vain.

FIN

— On ne l'appelle pas la section « poussière « pour rien. Il y plane une odeur si nauséabonde qu'on dirait que ça fait un siècle que quelqu'un a fait le ménage, souligne Jean-Christophe. Ça ressemble étrangement à l'intérieur de mon pupitre.

— Tiens ! Prenons ce livre-là, dis-tu en apercevant le titre : *Comment vaincre des mangeurs de chair*. Il pourra sûrement nous aider. Mais au moment où tu tires sur le haut de la reliure pour prendre le bouquin, toute la rangée de livres bascule et tombe par terre, poussée par une atroce main en décomposition qui s'approche de toi pour te saisir. Va-t-elle t'attraper ?

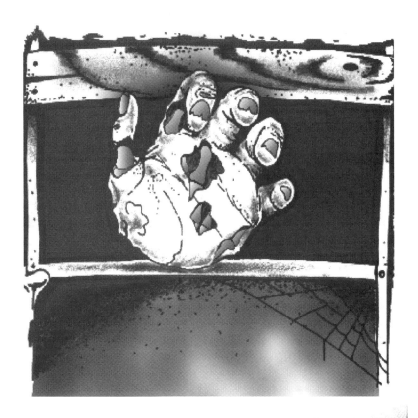

Pour le savoir, TOURNE LES PAGES DU DESTIN.

Si elle réussit à t'attraper, rends-toi sans tarder au numéro 102.

Si, par chance, tu réussis à fuir avant qu'elle ne t'attrape, sauve-toi au numéro 86.

70

— J'AI LES JAMBES COUVERTES DE CES SALES BESTIOLES ! cries-tu à tes amis qui ont autant de mal que toi à se sortir de là, avec toutes ces sangsues. Essayer de sortir de cet étang, c'est comme faire du patin à roues alignées... dans une piscine !

Après plusieurs grandes enjambées et quelques pas de danse digne des meilleurs vidéoclips, vous réussissez finalement par vous retrouver tous les trois, à l'écart, sur la rive. En agitant frénétiquement les bras, vous arrivez tant bien que mal à enlever ces bestioles répugnantes qui vous sucent le sang.

En raison des meurtrissures laissées par les sangsues sur votre peau, vous n'avez plus d'autre choix que de vous rendre à l'infirmerie de l'école, qui se trouve au numéro 98.

71

Ton coeur bat à tout rompre lorsque apparaît soudain la silhouette fantômatique... DU DIRECTEUR !

— Bravo ! vous lance-t-il de sa voix caverneuse, vous êtes très perspicaces, POUR DES VIVANTS. Vous savez maintenant que nous sommes tous des zombis. **ARGH !** Mais vous vous êtes donné du mal pour rien, car vous n'aurez pas l'occasion de partager le fruit de votre découverte avec vos copains de classe. **GRRR !** Vous irez plutôt rejoindre les autres que nous avons capturés ; justement, nous manquions de divertissement pour LA GRANDE TOMBOLA ANNUELLE DES ZOMBIS qui aura lieu samedi prochain dans la nuit. HA ! HA ! HA ! fait-il d'un air sarcastique.

Rejoindre les autres, a-t-il dit ? Cela veut dire qu'ils sont toujours en vie, penses-tu en poussant brusquement Audrey et Jean-Christophe pétrifiés vers l'autre sortie.

— ALLONS, SORTONS D'ICI... ET VITE ! leur cries-tu en voyant le directeur se lancer frénétiquement sur vous avec sa dégueulasse bouche de zombi toute grande ouverte.

Vous vous dirigez vers la porte de secours. Tourne les pages du destin pour savoir si elle est verrouillée.

Si elle s'ouvre, courez jusqu'au numéro 15.
Si par malheur elle est verrouillée, la seule question que tu devras te poser sera : « Qu'est-ce que le directeur fera de moi ? » Pour le savoir, rends-toi au numéro 110.

72

Personne ne sait pourquoi, mais c'est chaque jour la même chose. Plus on se rapproche de l'école Saint-Macabre, plus le ciel s'assombrit. C'est comme si on voulait nous avertir d'un danger.

— L'orage va éclater d'un instant à l'autre, fait remarquer Jean-Christophe. Tiens, voilà Audrey. Ce n'est pas tout le monde qui apprécie ses tendances à exagérer les choses. Elle fait des montagnes avec un simple grain de sable. En fait, il faut toujours diviser par dix ce qu'elle raconte. Mais vous lui pardonnez, car plus d'une fois, lors de vos aventures précédentes, elle vous a évité de tomber entre les griffes de monstres ou d'autres bêtes malfaisantes. Comme si elle était douée d'un sixième sens, oui ! Comme si elle pouvait, lorsque la situation semble critique et désespérée... prédire l'avenir !

— Attendez-moi ! vous crie-t-elle au beau milieu du champ. Il ne faut surtout pas aller à l'école aujourd'hui. Ils viennent tout juste de l'annoncer à la télé. C'est un professeur le coupable, c'est monsieur Cornelius Arnivore, monsieur C. Arnivo-re. Et tenez-vous bien : il aurait dévoré tous ceux qui ont disparus. C'est un canni-bale, qu'ils ont dit. La police le recherche partout.

— Il doit sûrement se cacher dans l'école, soupçonnes-tu ; ils ne réussiront jamais à le dénicher. Il n'y a que nous qui pourrions le trouver, car nous connaissons l'école comme le fond de notre poche. VOILÀ NOTRE CHANCE !

La suite de ton aventure se trouve au numéro 8.

73

OUF ! je l'ai trouvée. Nous pouvons maintenant fouiller son bureau, les rassures-tu en exhibant fièrement la clé.

— Vous avez vu le désordre qui règne ici ? signale Marjorie. REGARDEZ ! UN CRÂNE HUMAIN ! crie-t-elle en pointant du doigt son horrible découverte.

— BEUUURK ! fait Audrey en tournant la tête pour regarder ailleurs. C'est carrément dégueu, je crois que je vais être malade..., ajoute-t-elle en mettant sa main sur sa bouche.

— HI ! HI ! HI ! ce n'est qu'un vulgaire modèle en plastique ! Elle a peur d'un crâne en plastique, se moque Marjorie en imitant ses gestes de dégoût.

— T'es pas drôle, tu sais, réplique Audrey en replaçant son sac à dos.

— Audrey ! Reste là et surveille la porte, lui dit Jean-Christophe, nous on s'occupe de trouver un indice qui nous permettra peut-être de savoir où il se cache.

— Ah ! Ce n'est pas possible, cet endroit est tellement sale, grognes-tu en époussetant ton t-shirt. Au même moment, une araignée dévale rapidement le mur près de toi.

— OUUUAHH ! cries-tu. En la frappant avec ta casquette, tu l'expédies directement dans la corbeille à papier.

— Et voilà, trois points pour moi, t'écris-tu, j'ai marqué trois points. Je suis imbattable au basket !

Poursuivez au numéro 105.

Sans hésiter, Marjorie tire sur le classeur, qui s'ouvre en brisant les fils d'araignées qui le recouvraient. À l'intérieur, il n'y a pas grand-chose, à part quelques examens et des cahiers sans importance. Mais au fond, elle remarque un papier, caché sous la poussière. Elle le prend et d'un souffle, en enlève toute la saleté.

C'est un certificat, constate-t-elle, attestant que monsieur C. Arnivore a suivi avec succès le cours de... BOUCHER ! Rien de bien encourageant...

Poursuis la fouille de son bureau au numéro 105.

75

Au poste, les policiers ne prennent pas votre révélation avec le sérieux qu'elle mérite. DES PROFESSEURS CANNIBALES ? UN DIRECTEUR D'ÉCOLE ZOMBI ?

— Mais voyons, qu'est-ce que c'est que cette histoire de fou ? Ne croyez pas que nous allons avaler ça ! déclare l'un d'eux.

Mais le détective responsable de l'enquête vous donne tout de même le bénéfice du doute

— Avec tout ce qui se passe à Saint-Macabre par les temps qui courent, nous ne devons prendre aucune chance. Allons à l'école faire la lumière sur toute cette histoire, décide-t-il, car si l'on devait découvrir que les jeunes ont raison... ON S'EN MORDRAIT LES DOIGTS !

À l'école, un joyeux tumulte semble animer tous les élèves qui courent partout.

— Mais qu'est-ce que c'est que ce tohu-bohu ? demande le policier en attrapant par le bras un élève qui courait dans le corridor.

— Monsieur, la classe est interrompue indéfiniment parce que le directeur et tous les professeurs ont quitté subitement l'école, sans donner d'explications !

Alors, le détective se tourne vers toi, avec une lueur dans les yeux qui éclaire tout à coup son esprit.

— Vous aviez tout découvert, les cannibales, les zombis... Toute cette incroyable histoire était donc vraie ! Mais nous sommes arrivés trop tard pour les arrêter... ILS ONT TOUS FUI !

FIN

76

Le journal du lendemain rapporte encore une fois de bien mauvaises nouvelles. En effet, l'école Saint-Macabre a fait quatre autres victimes hier, et sur les lieux du drame, la police a retrouvé... TON SAC D'ÉCOLE !

FIN

77

Il te faut absolument trouver cette vieille clé, cachée quelque part dans la pièce, si tu ne veux pas te faire prendre... Cherche bien sur cette image ; si tu la trouves, va au numéro 73. Par contre, si tu ne la trouves pas, rends-toi au numéro 13.

78

Dévalant l'escalier à toute vitesse, tu songes tout à coup que si tu avais le fameux livre de ton prof qui traite du cannibalisme, tes arguments auraient certainement beaucoup plus de poids. Oui, avec cette preuve incriminante, le directeur serait plus facile à convaincre.

— Je dois aller le chercher, te dis-tu en rebroussant aussitôt chemin. En te retournant, tu attrapes par le bras Audrey, qui se dirigeait vers votre point de rendez-vous.

— Attendez ! leur dis-tu. Venez avec moi, il faut retourner en classe, il nous faut ce livre.

— Je ne veux pas retourner là-bas, s'écrie-t-elle en tentant vainement de partir.

— Je t'en prie, la supplies-tu, je te demande seulement de surveiller le couloir pendant que je subtiliserai le livre.

— Bon d'accord, cède-t-elle finalement, mais faisons vite !

Introduisez-vous dans la classe par le numéro 39.

79

Jean-Christophe et toi faites volte-face et, d'un vif coup de pied, vous frappez la porte qui s'ouvre avec fracas. Rapidement, comme on fait dans les films policiers, vous entrez dans le local en criant : LÂCHE-LA, ESPÈCE DE CANNIBALE ! Mais, à votre grand étonnement, des rires fusent de toutes parts. Il n'y a ni cannibale ni victime, mais plutôt une classe remplie d'élèves en train de visionner un film..., un film d'horreur, et le cri que Marjorie a entendu était bien un cri de détresse, mais il provenait du film.

Ha ! Ha ! Vous pensiez devenir des héros, mais vous êtes plutôt devenus... la risée de l'école !

Presque personne ne descend à la cave, sauf le concierge, lorsqu'il a une réparation à faire à la tuyauterie, et, bien sûr, ton prof, ce mort-vivant, ce cannibale, pour y savourer ses ignobles repas.

Arrivés au sous-sol, Jean-Christophe et toi avez du mal à distinguer la moindre chose, car il fait trop noir. La seule lueur qu'il y a provient d'un petit soupirail qui laisse aussi entrer, heureusement, un peu d'air frais qui dissipe quelque peu le mélange d'odeurs nauséabondes.

— Mais où sont-ils passés ? demandes-tu à Jean-Christophe en scrutant la noirceur.

— Attends, je crois qu'il y a un interrupteur à ma droite. Je vais allumer, te répond-il. **CLICK !** Une fois que le clignotement des tubes au néon a cessé, tu peux enfin voir la grande salle dans laquelle tu te trouves. Une main terriblement froide se pose sur ton épaule : c'est celle du directeur.

Tu constates avec désespoir que vous êtes entourés de ton professeur, et du directeur et de tous les autres profs de l'école..., les yeux profondément enfoncés dans leurs orbites, les lèvres bleutées. Il n'y a qu'une explication à tout cela... CE SONT TOUS DES MORTS VIVANT !!!

Tes cheveux se dressent sur ta tête et la sueur froide qui te coule dans les yeux t'aveugle...

81

— Je ne peux pas croire que tout sera bientôt fini. Grâce à moi et aux Téméraires de l'horreur, l'école Saint-Macabre redeviendra une école comme les autres, penses-tu avec grande satisfaction.

Dans le corridor, tandis que vous suivez le directeur comme des automates, tu es soudainement pris d'un étrange pressentiment. Comme si... Comme si rien n'allait se dérouler comme prévu. Quelques secondes plus tard, vous arrivez à la salle des profs. Le directeur ouvre la porte, vous entrez...

Les discussions entre les professeurs s'arrêtent subitement pour faire place à un silence pareil à celui d'un cimetière... UN SILENCE DE MORT ! Et là, alors que tu croyais que le directeur mettrait la main au collet du prof cannibale et qu'il te présenterait aux autres comme étant celui qui, avec toute sa bande des Téméraires de l'horreur, a héroïquement élucidé toute cette effrayante histoire, il te présente plutôt comme un hors-d'oeuvre de choix.

— Tenez, mes amis, servez-vous, dit-il de sa voix ténébreuse, en s'assurant de bien verrouiller la porte. Voici le buffet du midi de l'école Saint-Macabre... LES

TÉMÉRAIRES DE L'HORREUR...

Vous aviez tort ! Votre professeur n'est pas un cannibale... C'EST UN ZOMBI, un mort-vivant, comme le directeur et tous les autres profs de l'école qui s'avancent vers vous en se léchant les babines avec leur dégoûtante langue verte...

FAIM

82

Tu tournes nerveusement la poignée. La massive porte de bois vermoulu s'ouvre dans une cacophonie de grincements : **CRIII ! SHRII ! VRII !** Que trouveras-tu de l'autre côté ?

À pas prudents, vous pénétrez dans cette pièce très sombre. Soudain **BROOOUUUUM !** vous sursautez tous les deux lorsque le tonnerre se met à gronder. Presque au même moment, un éclair déchire le ciel, éclairant pendant une fraction de seconde le bureau dans lequel vous vous trouvez.

— Je, je, je crois que nous ne sommes pas seuls ici, il me semble avoir entrevu quelqu'un lorsque l'éclair a illuminé la pièce, bégaie à voix basse Jean-Christophe en tapotant le mur afin de trouver l'interrupteur. Ah le voilà ! **CLIC !** et les lumières s'allument et éclairent...

LA HORDE COMPLÈTE DES ZOMBIS DE L'ÉCOLE SAINT-MACABRE !

— ILS SONT TOUS ICI ! cries-tu, nous n'avons plus aucune chance de nous enfuir...

Tous les professeurs, le chauffeur de l'autobus ainsi que le directeur... ils sont tous ici ! Vous êtes assiégés par la meute affamée de morts-vivants aux dents affutées comme des poignards. Leurs mains dégoûtantes sont tendues vers toi. Ton sang se glace dans tes veines. Tes yeux roulent dans leur orbite, tu t'évanouis... HAAAAAA !

Si jamais tu reprends conscience, cherche le numéro 20.

La pluie commence tout juste à tomber sur le chantier de construction où personne ne vient jamais ; l'orage arrive. Avec les structures aban-données des bâtiments à peine érigés, cet endroit a vraiment l'air morbide.

— Ça fait longtemps que le travail est arrêté ici, soulignes-tu, et c'est normal avec tous ces accidents.

— Quels accidents ? demande Marjorie, curieuse.

— Plusieurs travailleurs ont été blessés, quelques-uns

grièvement, par un étrange animal ou quelque chose d'autre, mais personne n'est sûr, relates-tu. Mon père m'a raconté que lorsqu'il était enfant, la rumeur voulait que les lieux soient habités par un mort... un mort-vivant quoi !

— Tu dis des sornettes ! lance Jean-Christophe en tournant la tête d'un côté et de l'autre en signe de dénégation.

— Et ce n'est pas tout, poursuis-tu, il m'a aussi dit que son bras, arraché lors d'un accident, le suivait partout comme un chien, et c'est avec ce bras qu'il attaque les travailleurs de ce chantier, semble-t-il.

— C'est totalement idiot, cette légende, répond Marjorie, sceptique.

— J'espère que vous avez raison, car je crois avoir vu quelque chose'bouger dans le tas de débris vers lequel nous nous dirigeons, leur fais-tu remarquer.

Allez au numéro 6.

Jamais un élève n'avait encore mis les pieds ici, dans ce sanctuaire réservé uniquement aux professeurs, et c'est bien comme vous vous l'étiez imaginé. Dans la pièce un peu sombre, plusieurs gros fauteuils verts en cuir capitonnés entourent une grande table à café. Les murs couverts de livres invitent à la lecture et donnent à l'endroit une ambiance de bibliothèque comme on en trouve dans les grands châteaux.

— Il nous suit toujours, vous informe Jean-Christophe en refermant la porte. Ne restons pas ici une seconde de plus.

— Attendez ! Regardez ce livre sur la table à café, leur dis-tu en leur montrant le titre du doigt : *Délicieux de la tête aux pieds*.

— BEURK ! Ce... c'est... c'est un livre de recettes pou-pou-pour cannibale, bafouille Audrey qui, dégoûtée, tourne la tête vers la porte, qui s'ouvre subitement dans un fracas assourdissant.

BROOUUM !

— *Vite, filons ! ajoute Jean-Christophe, jusqu'au laboratoire au numéro 108.*

85

Recettes pour cannibales, écrit par le grand et réputé chef frère Gargouille !

Tu te mets à lire quelques lignes : « Vous prenez un

élève bien frais, COUPÉ EN PETITS MORCEAUX... »
puis tu refermes le livre.

— BEURK ! C'est « hyper dégoûtant », prenons-en
un autre...

Retournez au numéro 26.

86

BRAAAMM ! Le vacarme effrayant des livres frappant le plancher retentit dans toute la bibliothèque.

— Elle m'a presque eu, lances-tu, dégoûté à la vue de cette hideuse main gluante et toute frémissante de vers.

— Sortons d'ici ! insiste Marjorie, apeurée. Quittons la bibliothèque. Partons vers le numéro 97.

87

DRIIIIINNGG !

La cloche sonne et annonce le début de la récréation. Dans quelques secondes, les couloirs de l'école se rempliront d'élèves. Vous serez ainsi en sécurité, du moins pour le moment.

Rendez-vous au numéro 92.

88

— Quel dégât ! Mais ça n'aura pas servi à grand-chose, car malgré toutes ces éclaboussures, IL VOUS A QUAND MÊME APERÇUS...

Après avoir exécuté quelques pas de danse dans la peinture, le concierge retrouve son équilibre et se dirige, à votre grand étonnement, vers la porte.

— Peut-être l'avons-nous effrayé ? murmures-tu aux autres.

Mais malheureusement non! Il était juste allé à la porte... POUR LA VERROUILLER !

— Hé bien, vous n'avez pas l'air dans votre assiette, vous dit-il de sa voix caverneuse en se retournant. Mais ça ne fait rien, car voyez-vous, vous serez bientôt DANS LA MIENNE !

Rends-toi au numéro 2.

89

Pas de chance ! Tu tires et tu tires, mais en vain : il ne s'ouvre pas. Les hideux insectes mutants assoiffés de sang commencent à grimper sur vos jambes. Pour vous trois, c'est une horrible...

FIN

90

Arrivés près du bureau du directeur, vous vous faites interpeller par Johanne, la secrétaire.

— Nous voudrions voir le directeur, s'il-vous-plaît, lui demande Marjorie. Nous connaissons l'identité de l'auteur de toutes ces disparitions. C'EST VRAI !

— Mais entrez donc ! répond-elle sans hésiter. Je lui annonce votre arrivée.

Vos révélations stupéfient le directeur. La présence d'un cannibale ici même, à l'école, l'indigne.

— Ce professeur C. Arnivore en est à son dernier repas, je peux vous le garantir ! s'empresse-t-il de dire. Je m'occupe immédiatement de cette affaire !

Sans hésiter, il annule les cours et renvoie à la maison tous les élèves pour le reste de la journée. Personne n'est témoin de l'arrestation du prof cannibale ni de son emprisonnement. Quelques jours plus tard, la direction de l'école donne une célébration en reconnaissance de ses héros, c'est-à-dire VOUS... LES TÉMÉRAIRES DE L'HORREUR.

Le soir de la cérémonie, tous se retrouvent à l'auditorium. Sur la scène, à vos côtés, le directeur vous présente comme les héros de cette terrible aventure. Cependant, tandis qu'il fait ton éloge et celle des autres membres de la bande, tu remarques que, dans la salle, plusieurs élèves et professeurs te regardent d'une bien drôle de façon...

— Mais pourquoi se lèchent-ils tous les babines ? te demandes-tu.

Pourquoi ? Parce que, vois-tu, Saint-Macabre est une école différente, bien différente des autres. Oui, c'est une école pour cannibales, zombis, et morts-vivant. Ici, tout le monde est une espèce de bouffeur de chair humaine... Cette cérémonie n'est qu'un piège. Et ce soir, ils ont tout un festin qui les attend : OUI ! ce soir, ils ont trois héros à se mettre sous la dent...

FAIM

91

— Jusqu'où allons-nous ? demande Audrey, fatiguée de courir.

— Je ne le sais pas, lui réponds-tu. Je ne crois pas être déjà passé par ici et ce corridor ne me dit rien qui vaille.

Après quelques bonnes enjambées, tu constates avec horreur que ton intuition était bonne : vous arrivez face à face à un mur, UN CUL-DE-SAC...

— Ah bravo ! Qu'est-ce qu'on fait maintenant ? demande Marjorie tout en cherchant des yeux une autre issue. YARK ! fait-elle, je suis pleine de fils d'araignées. Y a-t-il un miroir ici ? Il faut que je voie si je suis décoiffée.

— Un miroir ! s'écrie son frère. T'es dingue, c'est pas le temps de faire ton hygiène personnelle, cherche plutôt une solution à notre problème au lieu de dire des conneries !

— Des conneries ? répète Marjorie. Tu ne te rappelles pas ce que maman nous a dit ? Il faut toujours soigner son apparence. Je m'imagine mal tout dépeignée dans l'assiette de quelqu'un, dit-elle pour se moquer de son frère.

— Ça suffit vous deux, leur cries-tu, regardez en haut, il y a une bouche de ventilation. Je vais l'ouvrir, j'ai apporté des outils.

Maintenant, rampez dans le conduit jusqu'au numéro 38.

92

Dans les corridors de l'école Saint-Macabre, quand la cloche de la récré sonne, le flot d'élèves est tellement fort qu'il peut presque te transporter dans la cour sans que tu aies à marcher. C'est pratique quelquefois, mais pas quand tu veux te rendre ailleurs !

— Il faut coûte que coûte aller au bureau du directeur pour l'avertir qu'un cannibale se cache parmi ses professeurs ! s'écrie Jean-Christophe qui, sur la pointe des pieds, s'élève au-dessus de la cohue pour te voir. Quelle vague, ils nous faudrait une planche de surf...

— Entrons ici, et attendons que tout le monde soit sorti

dans la cour d'école, suggère Marjorie en poussant la porte battante pour vous permettre d'entrer.

— Bon, eh bien, je crois que nous pouvons y aller, maintenant ! lance nerveusement Jean-Christophe après seulement quelques secondes d'attente.

— Mais pourquoi es-tu si impatient de ressortir ? lui demandes-tu en jetant un coup d'oeil dans le corridor encore encombré d'élèves.

— PARCE QUE NOUS SOMMES DANS LA SALLE DE TOILETTE DES FILLES, FIGURE-TOI !

Frayez-vous un chemin jusqu'au bureau du directeur, au numéro 90.

93

À l'école Saint-Macabre, même lorsque toutes les lumières sont allumées, il fait quand même sombre. Les corridors austères, les cages d'escalier délabrées et les toiles d'araignées qui décorent les plafonds lui donnent un air des plus morbides, même le jour.

— Vous savez, je crois que c'est un peu normal d'avoir la trouille, mais au nom de tous nos amis disparus, nous devons continuer malgré tout, insistes-tu en empruntant le dernier couloir conduisant à la bibliothèque. Après un bref coup d'oeil à travers la petite lucarne grillagée de la porte, vous entrez.

— C'est bon, il n'y a personne, les informes-tu.

Maintenant, où faut-il chercher ? Où trouverons-nous des livres qui traitent du cannibalisme ?

— Dans la rangée « M » pour MONSTRE, te répond Jean-Christophe. Mais attention, je dois te prévenir, tu vas probablement y trouver aussi la photo de Marjorie, ajoute-t-il pour blaguer en essayant de garder son air sérieux.

— Quoi ! Qu'est-ce que tu as dit ? T'as parlé ou t'as roté ? lui répond sa soeur, offusquée.

— Ça m'étonne que tu saches où se trouve la rangée M, ajoute-t-il, toi qui ne vas jamais plus loin que la rangée B, la rangée des bandes dessinées.

— *A-R-R-Ê-T-E-Z, VOUS DEUX ! les grondes-tu, vous nous faites perdre un temps précieux. Il faut aller tout de suite à la rangée M qui se trouve au numéro 26.*

94

Quel fouillis ! Même tenter d'ouvrir un tiroir de ce bureau n'est pas une sinécure. Sur le dessus du bureau, tu remarques de grosses traces de couteau. Comme sur les tables de travail de la boucherie du coin, près de chez vous.

— Il faut se dépêcher, leur dis-tu, je ne veux certainement pas passer la nuit ici au milieu de cet effroyable désordre !

À l'instant où tu ouvres le tiroir, tu remarques les étranges photos accrochées au mur. Il y en a une en particulier qui attire ton attention : elle représente une espèce de fête nocturne. Très particulière, elle montre plusieurs personnes qui, les bras dressés vers le ciel, entourent une immense marmite. Mais que peut-elle bien contenir ?

Tu te mets à fouiller dans le tiroir dans lequel tu trouves des crayons, une règle, une araignée,.. YARK ! ENCORE !

Inutile de continuer, il n'y a malheureusement rien d'intéressant dans ce tiroir. Retourne au numéro 105 pour voir si tu ne trouverais pas quelque chose ailleurs.

95

Vous vous retrouvez subitement sur la scène de l'auditorium. L'endroit est inoccupé. Seuls sont allumés les projecteurs qui éclairent le plateau sur lequel vous êtes, vous mettant dangereusement en évidence.

— Allons-nous planquer dans la salle derrière les sièges des spectateurs, leur conseilles-tu. Il fait sombre, il ne nous verra pas !

À la queue leu leu, vous empruntez l'allée principale et vous vous faufilez entre les rangées de sièges pour finalement disparaître dans le noir. Étendue sur le sol, Marjorie ne cesse de gémir.

— Mais qu'est-ce que tu as à bouger comme ça, arrête ! Tu vas nous dénoncer, lui chuchotes-tu.

— C'est crotté ! Par terre, il y du maïs soufflé et je suis couchée en plein dedans ! te répond-elle à l'instant même où le prof cannibale fait son entrée sur la scène. La gorge serrée par l'émotion, tu lèves doucement la tête pour regarder. Mais que fait-il la tête entre les mains ?

Oui, pourquoi se tient-il la tête ? Pour enlever à ton grand étonnement le masque de latex qui couvrait son horrible figure et qui cachait sa vraie identité. Un visage aussi horrifiant ne peut signifier qu'une chose : C'EST

UN MORT-VIVANT, UN ZOMBI !

Marjorie, vraiment placée dans une position inconfortable, se retourne légèrement sur le côté, écrasant sans le vouloir quelques grains de maïs **CROUOUOUCH** !

— Oups ! fait-elle, excusez-moi.

Mais catastrophe ! LE MONSTRE A ENTENDU ! Rendez-vous au numéro 49.

96

— IL S'OUVRE ! s'écrie Marjorie en y mettant aussitôt les pieds.

— Es-tu sûr que c'est une bonne idée ? te demande Jean-Christophe, sceptique.

— Eh bien, vois-tu, tu as le choix, lui expliques-tu ; ou bien tu passes par cette chute à linge qui, je dois l'avouer, n'a rien de très invitant, ou bien tu passes par la bouche de ce zombi pour te rendre à son estomac. Que choisis-tu ?

— EEUUUUH !

— Viens t'en donc, triple idiot, grognes-tu en le prenant par le bras pour l'entraîner dans une dégringolade de plusieurs mètres jusqu'au sous-sol, au numéro 36.

97

— Eh bien ! Nous n'avons pas appris grand-chose, conclut Jean-Christophe, visiblement déçu.

— Ça ne fait rien, le rassures-tu, nous savons au moins que notre prof est une sorte de zombi cannibale et que c'est lui qui s'attaque aux élèves. Nous n'avons plus qu'à aller voir le directeur avec tout cela et espérer qu'il nous croie.

Pendant que vous échafaudez votre plan, un hurlement effroyable retentit : — HAAAAAAA !, et vous fige sur place.

— Ça vient de l'autre pièce, vous indique Marjorie, sûre de ce qu'elle avance. Ce monstre est dans la pièce d'à côté avec Audrey ; il n'y a aucun doute, je l'entends gémir.

— Nous n'avons pas le temps d'aller chercher le directeur ! s'écrie Jean-Christophe, IL FAUT FAIRE QUELQUE CHOSE...

— Tu as raison ! t'écries-tu, les yeux agrandis par la peur, nous n'allons pas le laisser faire ! Allons-y tous les trois !

ENFONCEZ LA PORTE ! Elle se trouve au numéro 79. VITE !

98

Devant vous se dresse l'école Saint-Macabre... dans toute son horreur. À l'heure qu'il est, il n'y a plus personne dans la cour. Tous les élèves sont en classe.

— Je me fiche bien d'être en retard, dit Marjorie, je veux seulement que l'infirmière soigne mes bobos.

À l'infirmerie, la garde-malade vous demande ce qui vous a occasionné ces drôles de petites blessures. Assis près d'elle, vous lui racontez toute votre histoire, TOUTE ! dans les moindres détails... Entre autres, vous lui faites part de l'incroyable découverte que vous avez faite au cimetière Fairelemort.

— Quoi ! Ton professeur serait un zombi, me dis-tu ? Un mort-vivant affamé de chair humaine ? répète-t-elle après toi. Et ce serait donc lui le responsable de toutes ces disparitions ? Cette nouvelle est très préoccupante, souligne-t-elle. Je dois en informer le directeur sur-le-champ ! Ne bougez surtout pas d'ici vous trois, je reviens...

99

— Venez voir ! Ce papier est le reçu d'une réservation faite à la compagnie aérienne *AIR DÉGUERPIR* et il est établi au nom de Monsieur C. Arnivore. Un vol de nuit, précises-tu. IL EST PARTI ! Il a quitté la ville... OOUUAAIIS !!!

Oui, c'est sûr. Depuis que le prof cannibale s'est éclipsé en douce, les horribles crimes ont cessé à l'école Saint-Macabre. Tout est revenu à la normale : les études, les cours... Désormais, lorsqu'un élève s'absente, c'est souvent à cause d'un banal rhume. Il ne reste maintenant plus que le douloureux souvenir de cette sordide affaire.

Mais quelque part, dans une autre école, dans un autre quartier, un professeur qui s'est déclaré malade est remplacé par un suppléant. Un certain MONSIEUR ARNIVORE...

Et c'est malheureusement dans une autre école que l'horreur continue...

FIN

100

Devenu glissant à cause de la pluie, l'escalier de métal ralentit un peu votre fuite. Mais ce n'est plus bien grave à présent, car le directeur ne semble plus vous poursuivre.

— C'est curieux ! Où est Audrey ? demandes-tu à Jean-Christophe. Elle qui était partie en tête, elle n'est plus dans l'escalier, remarques-tu en descendant.

Tout à fait en bas, vous vous retrouvez à l'intérieur de l'école, près des casiers des élèves. Par terre, vous ne trouvez que le sac à dos d'Audrey, TOUT DÉCHIRÉ...

— NNOOONNN ! cries-tu en lançant du même coup le tien contre le mur. Jean-Christophe, nous ne pouvons plus fuir. REGARDE ! C'est le sac d'école d'Audrey.... Aussi périlleux que cela puisse être, nous devons à tout prix la délivrer des griffes de ces monstres.

— JE SUIS PRÊT ! te répond Jean-Christophe les dents serrées par la colère.

— Ça va chauffer..., oui, ça va chauffer ! songes-tu, car lorsque Jean-Christophe se fâche, ça signifie qu'il va y avoir du grabuge... Regarde ! lui chuchotes-tu, il y a des traces de pas qui conduisent au bout du corridor à ce bureau, Allons-y !

Rends-toi au numéro 82.

101

— Je ne comprends pas pourquoi vous essayez de fuir, grogne-t-il du haut de l'escalier. Car, voyez-vous, je ne saute jamais un repas et je peux vous garantir que je termine toujours mon assiette... OH ! que vois-je ? vous m'avez tendu un piège... s'aperçoit-il en regardant vos effets scolaires abandonnés sur les marches. C'est peine perdue, je l'ai vu, moi aussi, le film « Papa j'ai raté le train ». Je pense que je vais faire comme vous, je vais glisser sur la rampe jusqu'en bas ; comme ça, j'arriverai plus vite pour vous déguster goulûment...

Vous vous regardez tous les trois comme pour vous faire vos adieux. Vous êtes faits ! Il n'y a rien qui puisse vous sauver à présent, non rien... Sauf, peut-être...

Allez maintenant au numéro 87.

102

Sous les yeux horrifiés de tes amis, la main visqueuse te saisit et t'entraîne entre les tablettes de l'étagère. Tu disparais pour toujours, dans les entrailles obscures de SAINT-MACABRE...

Quelques semaines plus tard, la direction de l'école ferme définitivement la bibliothèque sous prétexte quelle est hantée par une espèce de monstre abominable et par un jeune revenant... TOI !

103

PAS DE VEINE ! Il vous a eus, ou plutôt, il vous a mis son horrible main au collet. Vous savez, celle qui est détachée de son corps et qui le suit partout, comme un chien !

104

La senteur citronnée du savon l'avait bien annoncé : LE CONCIERGE OUVRE LA PORTE. À sa main, son éternel balai sans lequel il serait méconnaissable. Il entre et referme la porte. Ce petit homme rabougri semble pourtant bien inoffensif. Ces monstres doivent sûrement se servir de lui pour assouvir leur faim bien répugnante. Peut-être avez-vous une chance...

Mais malheureusement, il ne GOBE pas votre histoire. Parce que, voyez-vous, il aime bien faire plaisir à ses maîtres, les zombis, en leur fournissant des élèves bien dodus. Et maintenant qu'il a quatre victimes à leur servir, ses petits yeux noirs brillent d'une joie bien sanguinaire :

— Mes maîtres seront très contents de moi... semble-t-il se dire.

Il n'y a plus rien que vous puissiez faire à présent. Debout, faisant face au concierge, vous vous sentez totalement démunis. Le prof cannibale et le directeur apparaissent sur le seuil de la porte... qui se referme : IIIIIITCHICK !

FIN

105

— Assez perdu de temps, il faut chercher partout, suggère Jean-Christophe. Vous avez le choix de fouiller :

dans le tiroir du pupitre au numéro 94 ;

dans le vieux classeur au numéro 74 ;

dans la corbeille à papier où est tombée l'araignée BEURK ! au numéro 12 ;

sur la bibliothèque au numéro 24 ;

ou, enfin, dans le godet à crayons, au numéro 68. On ne sait jamais...

106

Il est verrouillé ! Tu as beau tirer et tirer de toutes tes forces, il refuse de s'ouvrir. Fuir par une fenêtre ? C'est impossible, car elles sont toutes recouvertes d'un grillage de métal. Subitement, la porte de l'auditorium s'ouvre dans un fracas indescriptible. **BRAOUMM !** Tu n'oses même pas ouvrir les yeux tellement tu es effrayé. Blottis les uns contre les autres, tremblant de tous vos membres, vous attendez malheureusement la fin qui s'approche... quand tout à coup apparaît celui qui est sorti de l'auditorium... LE CONCIERGE !

— Mais qu'est-ce que vous faites ici, bande de p'tits

voyous ? vous demande-t-il. Vous savez bien que cette partie de l'école est interdite aux élèves. J'ai bien envie de vous dénoncer au directeur. Allez ! Ouste ! Et que je ne vous revoie plus...

— Tous des PETITS MONSTRES, ces enfants, se dit-il en poursuivant son travail...

FIN

107

— ÇA GLISSE TROP ! Je ne réussirai jamais à sortir de là, se plaint Jean-Christophe, qui se retrouve maintenant seul dans l'étang. JE M'ENFONCE !

— PRENDS MA MAIN ! Marjorie a attaché mon sac à l'arbre, lui dis-tu. Je t'assure que je ne glisserai plus maintenant. Je peux te sortir de là, fais-moi confiance. Jean-Christophe tend alors la main pour prendre la tienne. En combinant vos forces, vous finissez par le sortir de l'étang avant que les sangsues, ces terrifiants petits vampires gélatineux, ne se délectent de son sang.

Secouez-vous, et courez jusqu'à l'école, vite au numéro 66.

108

— DÉPÊCHEZ-VOUS DE VERROUILLER LA PORTE ! vous crie Audrey en entrant dans le laboratoire.

CHLICK !

— Voilà, c'est fait, annonce Jean-Christophe. Au même instant, le visage en décomposition du directeur vient s'écraser bruyamment sur la vitre **PAF !** Regardez ses yeux, grands et noirs, vidés de toute lueur de vie et ses affreux doigts crochus qui grattent le bois de la porte.

Vous êtes temporairement à l'abri, mais le spectacle qui s'offre à vous en ce moment est plutôt funeste. En effet, les tablettes recouvrant les murs sont pleines de spécimens d'animaux bizarres morts, flottant dans des bocaux remplis d'un liquide verdâtre : une dégoûtante larve-cyclope, des rats à six pattes et une espèce de petite pieuvre recouverte de poils. L'odeur pestilentielle des liquides plane juste au-dessus de vos têtes et sature l'air ambiant...

Prenez maintenant la sortie de secours qui donne à l'extérieur et qui vous conduira au numéro 100

109

Poussée par sa curiosité, Marjorie prend sans réfléchir le livre traitant des morts-vivants.

— REGARDEZ LA COUVERTURE ! s'écrie-t-elle.

Quelle scène d'horreur, en effet. Il y est dessiné un mort-vivant en train de dévorer un homme.

— Regardez ses yeux, ils sont comme ceux de... MONSIEUR ARNIVORE !

— N'ouvre pas le livre, lui dis-tu, c'est inutile. Je viens de comprendre à qui nous avons affaire. Ce monsieur C. Arnivore est aussi un zombi !

Retourne au numéro 26.

110

On ne t'a pas revu depuis cet incident. Mais quelques jours plus tard, à la cafétéria, la soupe du midi portait TON NOM !, mais personne ne l'a remarqué.

FAIM

Vous attendez patiemment son retour, tous les trois heureux du dénouement de cette aventure.

— Tu vas voir, lorsque le directeur mettra la main au collet de ton professeur, dit fièrement Marjorie, ce cannibale regrettera d'être sorti de sa tombe !

Au même moment, un bruit de pas venant du couloir se fait entendre. Des pas lourds..., et un cri : AAAAAAHHHHHH !

— L'INFIRMIÈRE ! Sapristi ! Que se passe-t-il ? cries-tu en ouvrant la porte brusquement. Dans le corridor, une silhouette familière se découpe près de l'infirmière qui gît par terre. TON PROF, LE ZOMBI !

Inutile d'essayer de fuir puisque ce couloir est la seule issue possible. Il s'avance lentement vers toi, car il sait bien que tu es pris au piège. Ses doigts crochus te saisissent par le chandail, tes jambes deviennent tout à coup molles comme de la guenille.

C'est la dernière chose dont tu te souviendras lorsque tu te réveilleras plus tard au numéro 65.

112

— Alors, ça boume les gars ?

— Marjorie ! lancez-vous tous les deux à l'unisson. Tu ne peux pas savoir à quel point nous sommes contents de te voir. Détache-nous et sors nous d'ici, VITE !

— Pourquoi ? Je vois qu'on s'amuse bien ici... Je crois que je vais retourner à la maison pour chercher mon maillot, ajout-elle en faisant des ronds avec son index dans l'eau qui devient de plus en plus chaude.

— Cesse de déconner ! lui grognes-tu, ça commence à chauffer drôlement ici.

— Quand j'ai vu que Jean-Christophe ne rentrait pas ce midi à la maison, j'ai vite compris ce qui se passait, raconte-t-elle, et je n'ai pas hésité une seconde. J'ai pris la précaution de téléphoner à la police avant de partir, je ne suis pas sûre qu'elle va venir, elle a trouvé mon histoire plutôt abracadabrante », ajoute-t-elle en tripotant le noeud de la corde qui te retient.

Pendant que Marjorie s'affaire à te délier les mains, tu constates qu'il est malheureusement trop tard, car sous tes yeux médusés, la horde de zombis affamés se rue vers vous, fourchette à la main, en gémissant d'une façon inhumaine...

GROOOOUUUWW !

— Venez, mes chers confrères, un COPIEUX repas

nous attend, glousse le directeur en salivant. **GRRRRRR !** OUI ! Ce n'est pas tous les jours que nous pouvons nous mettre sous la dent... LES TÉMÉRAIRES DE L'HOR-REUR !

Suivi des autres affreux bouffeurs de chair humaine, IL APPROCHE...

Soudain, **VLAN !** la porte de la cafétéria est arrachée de ses gonds et vole littéralement en éclats. Trois bombes lacrymogènes explosent sur le plancher et les gaz envahissent presque aussitôt la pièce. Vous retenez votre souffle ; C'EST LA POLICE !

— QUE PERSONNE NE BOUGE ! crient les agents en encerclant tous ces affreux bouffeurs de cerveaux pour les neutraliser avec des filets. VOUS ÊTES TOUS EN ÉTAT DE DÉCOMPOSITION. EUH ! D'ARRESTA-TION !

— Ça va, les enfants ? demande le détective responsable de cette affaire, le sourire aux lèvres ; tout va bien ?

— Oui, monsieur, lui répond-tu, mais descendez au plus vite au sous-sol de l'école. Vous y trouverez enfermés tous les élèves qui ont disparu depuis le début de l'année.

— J'envoie mes hommes tout de suite, et merci à toi et à toute la bande. Nous ramènerons tous ces zombis où ils devraient être... te rassure-t-il, c'est-à-dire... AU CIMETIÈRE FAIRELEMORT !

FÉLICITATIONS !
Tu as réussi à terminer
Le prof cannibale.

No 2 LE PROF CANNIBALE

On dit que les études sont la nourriture de l'esprit... Alors aiguise tes crayons, ouvre tes livres, fais bien, très bien tes devoirs et apprends tes leçons. Et surtout, en classe, suis les consignes À LA LETTRE. Car, vois-tu, à l'école Saint-Macabre, il faut à tout prix éviter la retenue, car elle pourrait être... MORTELLE!

UN LIVRE PALPITANT QUI SE JOUE À LA FAÇON D'UN JEU VIDÉO...

Oui, ce livre n'est pas qu'un simple livre... C'EST TON AVENTURE ! Et dans ton aventure, c'est toi qui décides du déroulement de l'histoire. ATTENTION ! Ce livre contient aussi un jeu original qui pourrait transformer ton histoire en vrai cauchemar... LE JEU DES PAGES DU DESTIN !

Il y a 21 façons de finir cette aventure, mais seulement une fin te permet de vraiment terminer... *Le prof cannibale.*

LIRA BIEN QUI LIRA LE DERNIER...

www.boomerangjeunesse.com
info@boomerangjeunesse.com

VOTRE PASSEPEUR

POUR UN HORRIBLE CAUCHEMAR

UN LIVRE QUI SE JOUE AVEC LES PAGES DU DESTIN

NO 16 BIENVENUE AU ZOORREUR

BIENVENUE
AU ZOORREUR

BIENVENUE AU ZOORREUR

Texte et illustrations
de
Richard Petit

TOI!

Tu fais maintenant partie de la bande des
TÉMÉRAIRES DE L'HORREUR.

OUI ! Et c'est toi qui as le rôle principal dans ce livre où tu auras bien plus à faire que de tout simplement... LIRE. En effet, tu devras déterminer toi-même le dénouement de l'histoire en choisissant les numéros des chapitres suggérés afin, peut-être, d'éviter de basculer dans des pièges terribles ou de rencontrer des monstres horrifiants.

Aussi, au cours de ton aventure, lorsque tu feras face à certains dangers, tu auras à jouer au jeu des **PAGES DU DESTIN...** Par exemple, si dans ton aventure tu es poursuivi par une espèce de monstre dangereux et qu'il t'est demandé de TOURNER LES PAGES DU DESTIN afin de savoir si ce monstre va t'attraper, la première chose que tu dois tout de suite faire, c'est placer ton doigt tout tremblotant ou un signet à la page où tu es rendu pour ne pas perdre ta page, car tu auras à y revenir. Ensuite, SANS REGARDER, tu fais glisser ton pouce sur le côté de ton Passepeur en faisant tourner les feuilles rapidement pour finalement t'arrêter AU HASARD sur l'une d'elles.

Maintenant, regarde au bas de la page de droite. Il y a trois pictogrammes. Pour savoir si le monstre t'a attrapé, il n'y en a que deux qui te concernent,

celui de l'espadrille et celui de la main.

Pour le moment, tu ne t'occupes pas des autres. Ils te serviront dans d'autres situations. Je t'explique tout un peu plus loin.

Comme tu as peut-être remarqué, sur une page il y a une espadrille, et sur la suivante, il y a une main, et ainsi de suite, jusqu'à la fin du livre. Si, par chance, en tournant les pages du destin, tu t'arrêtes au hasard sur le pictogramme de l'espadrille, eh bien bravo ! tu as réussi à t'enfuir. Là, retourne au chapitre où tu étais rendu. Il t'indiquera le numéro de l'autre chapitre où tu dois aller pour fuir le monstre. Si tu es le moindrement malchanceux et que tu t'arrêtes sur le pictogramme de la main, eh bien, le monstre t'a attrapé. Là encore, tu reviens au chapitre où tu étais, mais tu auras par contre à te rendre au chapitre indiqué où tu tomberas entre les griffes du monstre.

Lorsqu'on te demandera de TOURNER LES PAGES DU DESTIN, tu n'utiliseras, selon le cas, que les DEUX pictogrammes qui concernent l'événement. Voici les autres pictogrammes et leur signification...

Pour déterminer si une porte est verrouillée ou non :

 Si tu tombes sur ce pictogramme-ci, cela signifie qu'elle est verrouillée ;

 Si tu t'arrêtes sur celui-ci, cela signifie qu'elle est déverrouillée.

S'il y a un monstre qui regarde dans ta direction :

 Ce pictogramme veut dire qu'il t'a vu ;

 Celui-ci veut dire qu'il ne t'a pas vu.

En plus, pour te débarrasser des monstres que vous allez rencontrer tout au long de cette aventure, tu pourras utiliser une arme super *COOL*, votre BOUH-merang. Cette arme va vous être très utile. Cependant, pour atteindre les monstres qui t'attaquent avec cette arme puissante, tu auras à faire preuve d'une grande adresse au jeu des pages du destin. Comment ? C'est simple : regarde dans le bas des pages de gauche, il y a un petit monstre, et ton BOUH-merang.

Le petit monstre représente toutes les créatures que tu vas rencontrer au cours de ton aventure. Plus tu t'approches du centre du livre, et plus ton BOUH-merang se rapproche du monstre. Lorsque justement, dans ton aventure, tu fais face à une créature malfaisante et qu'il t'est demandé d'essayer de l'atteindre avec ton BOUH-merang pour l'éliminer, il te suffit de tourner rapidement les pages de ton Passepeur en essayant de t'arrêter juste au milieu du livre. Plus tu t'approches du centre du livre, plus ton BOUH-merang se rapproche du monstre. Si tu réussis à t'arrêter sur une des cinq pages centrales du livre portant cette image,

eh bien, bravo ! tu as visé juste et tu as réussi à atteindre de plein fouet la créature qui te cherchait querelle et, de ce fait, à t'en débarrasser. Tu n'as plus qu'à suivre les instructions au chapitre où tu étais rendu, selon que tu l'as touchée, ou non.

Si tu atteins l'une des dix-huit mauvaises fins, tu dois recommencer ton aventure directement au chapitre 4 et essayer à nouveau…

Ta terrifiante aventure débute au chapitre 1. Et n'oublie pas : une seule fin te permet de terminer... BIENVENUE AU ZOORREUR…

1

C'est une histoire bizarre qui commence d'une façon bizarre aussi.

Marjorie, Jean-Christophe et toi, perchés sur les branches du plus grand arbre de la rue Mortdetrouille, vous cherchez à voir ce qui se passe de l'autre côté de la haute muraille du vieux zoo abandonné de la ville.

Depuis quelque temps, les gens du quartier évitent le coin. Plutôt que de passer par ici, ils font tous un grand détour par le bois Gueuledeloup. Qu'est-ce qui peut bien les effrayer à ce point ? Le bois est pourtant un des endroits les plus dangereux de Sombreville. On y aurait aperçu des loups à grandes dents, et en plus, il y est très facile de s'y perdre et de ne jamais retrouver sa route. Avant, personne n'avait osé s'y risquer. C'est très très étrange…

— Des cages vides, des squelettes d'animaux ici et là, vous rapporte Marjorie les yeux collés à sa longue-vue. C'est tout ce qui a de plus mort dans ce zoo.

— Quoi ? s'exclame son frère Jean-Christophe, qui n'y voit absolument rien dans le noir. Tu ne vas pas me dire que tu aperçois quelque chose avec ton joujou de bébé !

— Pfou ! fait-elle, indignée. Sache que cet appareil de mon invention et que tu appelles « joujou » fonctionne réellement. Je peux voir de très près les choses éloignées même dans la noirceur totale.

Allez au numéro 46.

2

Essoufflés, vous jetez un œil prudent derrière vous. Plus de tarentules vertes à vos trousses. OUF ! que tu as eu chaud ! Les piqûres, ça, t'aimes pas vraiment…

Bon, où vous a conduits votre fuite ? Dans une clairière au bord de la falaise ! Parfait, vous êtes arrivés. Il faut l'escalader maintenant. Ça, c'est une autre histoire. Vous reculez pour évaluer la hauteur. Un feu brûle à l'entrée d'une petite caverne située à mi-chemin entre la terre ferme et le sommet. Est-ce qu'un homme primitif oublié pendant des milliers d'années habiterait cet endroit ?

Autour de vous il n'y a rien qui pourrait faciliter votre ascension. Pour atteindre la caverne, il va falloir jouer des pieds et des mains. Tu te portes volontaire, pour ouvrir la voie. À cinquante mètres du sol, tu poses le pied sur une pierre branlante qui se détache de la paroi. Tu essaies de garder l'équilibre. Vas-tu réussir à rester agrippé à la falaise ? Pour le savoir, ferme ton livre, pose-le debout devant toi sur une table et attends…

Si ton Passepeur reste debout, tu es toi aussi demeuré en place et tu n'es pas tombé. Poursuis l'ascension de la falaise au chapitre 22.

Si, par contre, ton livre est tombé, dommage ! Tu es tombé toi aussi. Cette chute te conduit au chapitre 88.

3

— FOUTUES GRILLES ! t'écries-tu, la rage entre les dents. Elles sont verrouillées.

Vous décidez alors de prendre vos jambes à votre cou et de courir le plus vite que vous le pouvez. Le rhinocéros à vos trousses, vous parvenez à un des endroits les plus sombres du zoo. La végétation est dense et la lune perce difficilement entre les branches et les grandes feuilles. Le gros rhinocéros s'arrête, incapable d'avancer. Il essaie de se faufiler entre deux arbres, mais rien à faire, il est trop gros.

Juste devant vous, plusieurs crocodiles poilus et rayés comme des tigres cheminent lentement vers un marais. Vous essayez de les contourner sans vous faire remarquer, mais des lianes vivantes saisissent vos chevilles et vous immobilisent. Il faut croire que toute la nature est contre vous par ici.

Tous les crocodiles se retournent vers vous. Sans attendre, tu saisis ton BOUH-merang et tu le lances de toutes tes forces dans leur direction, **ZIIIOOOUUUU !** Malheureusement pour vous, un des crocodiles mutants fait claquer sa grande mâchoire remplie de dents couvertes de glu et ne fait qu'une bouchée de ton arme. Rapidement, vous vous retrouvez vite entourés.

Tu ne croyais jamais terminer cette aventure en amuse-gueule… DE CROCODILES MUTANTS !

FIN

4 La muraille qui entoure le zoo est comme une passoire, elle est pleine de trous. Rends-toi au chapitre indiqué sur le secteur que tu veux explorer…

Si tu veux explorer cette étrange construction, il te faut le mot de passe. Ce mot de passe est en fait le numéro du chapitre qui permet d'accéder à cette partie du Zoorreur. Si la chance est avec toi, il te sera dévoilé au cours de ton aventure.

OUAIS ! Vous l'avez trouvé…

Avec un bout d'os cassé, tu parviens à dégager les contours d'une petite porte que vous ouvrez aussitôt. C'est étroit, mais vous réussissez à passer tous les trois.

En sueurs, vous atteignez une grande salle déserte dans laquelle il y a plusieurs cages vides. Enfin, il semble au premier coup d'œil qu'il n'y a aucun animal à l'intérieur, mais tu as une curieuse impression. Bon ! Un peu de courage, un peu de sang-froid, te dis-tu. Tu avances vers celle où il y a une petite balle toute sale qui roule toute seule de gauche à droite et qui se soulève toute seule dans les airs. Qu'est-ce que ça veut dire ?

Tu gardes une bonne distance entre toi et les barreaux de la cage. Sur le mur tout près, il y a une paire de lunettes étranges munies d'un fil électrique qu'il faut brancher dans une prise de courant. Des lunettes XT électroniques ! Pour voir quoi ?

Branche l'appareil, passe la courroie derrière ta nuque, baisse les lunettes devant tes yeux…

… Et rends-toi au chapitre 99.

6

MALHEUR ! Elles vous ont aperçus…

Vous essayez de reculer, mais rapidement elles vous entourent. Plus moyen de vous enfuir. La plus grosse s'approche lentement de toi en déposant chacune de ses huit longues pattes velues sur le sol. Tu voudrais reculer, mais tu te retrouverais entre les mandibules tranchantes d'une autre qui se trouve pas loin derrière toi.

Sans regarder, tu portes la main à ta ceinture pour prendre le BOUH-merang. Tes doigts sentent cependant quelque chose d'autre. C'est la longue patte d'une troisième tarentule qui saisit le BOUH-merang. Voilà ! Tu es complètement désarmé devant ces arachnides géants et probablement dangereux.

Tous les trois, vous êtes attrapés et traînés sur le dos jusqu'à leur repaire dans le coin le plus sombre du zoo. Enfermés dans une cage solide, tu voudrais crier à l'aide, mais qui t'entendrait, d'autres animaux mutants ? Alors au lieu de céder à la panique, vous observez les araignées, qui repartent l'une après l'autre chercher d'autres victimes. Sans doute que tous les trois vous n'êtes pas ce qu'il est convenu d'appeler un repas complet et équilibré pour arachnides en pleine croissance.

Allez au chapitre 75.

7

Une fois certain que la voie est libre de toute tarentule, tu ouvres la porte d'un coup sec. Pas très loin de toi, les barreaux d'une cage se mettent à se mouvoir. Ce n'était pas une cage, mais une tarentule…

Ses petits yeux cruels vous ont bien aperçus. La tarentule recule et s'enfuit. Qu'est-ce qui se passe ? Y a quelque chose qui cloche ! Elle aurait dû vous attaquer, mais elle a préféré fuir. C'est très bizarre, mais enfin, l'important, c'est que tu puisses fuir avec tes amis.

Tu n'as pas fait trois pas que tes pieds s'enfoncent dans le sol… DES SABLES MOUVANTS ! Tu ne bouges pas d'un poil pour ne pas t'enfoncer plus, mais ça ne marche pas. On dirait que quelque chose te tire par les pieds. Le sable arrive à la hauteur de ton cou. Tu retiens ta respiration, tu fermes les yeux et tu t'évanouis. Tu recouvres tes esprits et constates que tu es attaché sur une grande table d'opération située au milieu d'une grande pièce. Autour de toi, il y a plein de gens qui ne sont pas de ton quartier. Enfin, ils ne sont même pas de ta planète… DES EXTRA-TERRESTRES !

Horribles et terrifiants, ils pratiquent toutes sortes d'expériences sur ton cerveau. Ensuite, ils te déposent, quelques jours plus tard…

… juste devant chez toi au chapitre 66.

8

C'est pas de chance !

La force dévastatrice de la grande roue réduit à l'état de ferraille tous les lampadaires et les feux de circulation. Le vacarme a réveillé tout le quartier et alerté les policiers.

Deux autos-patrouille poursuivent le manège infernal sur les traces de son carnage. Vous courez prendre vos bicyclettes, car il faut l'intercepter à tout prix avant qu'elle n'écrase quelqu'un. Non, ça, il ne faut pas…

Vous faites du vélo de montagne dans le bois Gueuledeloup. C'est dangereux, mais c'est le seul raccourci. Cachés derrière un grand arbre, des loups bondissent. Vous les apercevez juste à temps. Vous les contournez et ils se lancent à vos trousses. Un loup rapide arrive à ta hauteur et essaie de te mordre le bas des jeans. Tu redoubles d'ardeur et prends de la vitesse. La meute de loups abandonne.

Arrivés en bas de la côte, vous constatez que, freinée par les multiples obstacles qu'elle a rencontrés et écrasés, la grande roue ralentit, et ralentit jusqu'à ce qu'elle s'immobilise juste avant de détruire votre école. ÇA, C'EST VRAIMENT PAS DE CHANCE…

FIN

QUELLE PERSPICACITÉ !

Tu n'as pas eu une vision, il y a un arbre qui a bougé… ET QUI BOUGE ENCORE !

Sur la pointe de ces racines, il avance vers vous en faisant craquer ses jointures de bois, **CRAC ! CRAC ! CRAC !** Vous reculez en cherchant une façon de vous défaire de cette créature cruelle. Les pics pointus de ses longues branches pointés vers toi, il avance toujours. Tu réfléchis vite :

— Un arbre, c'est en bois, et du bois, ça brûle, penses-tu. DU FEU ! DONNEZ-MOI DU FEU !

Jean-Christophe plonge sa main dans sa poche pour en ressortir un petit carton d'allumettes. Tu lui arraches des mains et tu frottes sans attendre la tête couverte de soufre d'une allumette. Elle s'enflamme tout de suite et l'arbre s'immobilise.

Tu souris et marches vers l'arbre. L'arbre, à ton grand étonnement, demeure où il est et te renvoie ton sourire avec sa grande bouche aux lèvres d'écorce. Ton allumette ridicule est beaucoup trop petite pour effrayer un si grand arbre…

Rends-toi au chapitre 97.

À quelques centimètres de ton nez, deux pieds poilus se tiennent immobiles. Au-dessus de ces pieds, il y a deux jambes, un torse, trois têtes, deux bras et dans une main… UNE ÉNORME MASSUE qui vient frapper l'endroit exact sur le sol où était ta tête. Bien sûr, tu t'es enlevé de la trajectoire. Incroyable comme tes réflexes sont bien aiguisés…

Tu laisses échapper un cri d'effroi… JEAN-CHRIS-TOPHE ! Ouais ! Ce n'est pas un cri d'effroi ça, mais pourquoi perdre du temps lorsque vous êtes attaqués par une espèce de bête de gorille qui a trois têtes de serpent ? À quel jeu s'adonnaient les vétérinaires dans ce zoo ? Ils soignaient les animaux à coups de bistouri et de robot culinaire ?

Vous vous apprêtez à fuir lorsque le gorille-serpent rabat une lourde porte cloutée vers vous, soulevant un épais nuage de poussière. La poussière se dissipe. Rapidement, vous constatez qu'il vous a enfermés dans une cellule étroite. Tu te diriges vers le judas de la cellule pour regarder à l'extérieur. Le monstre allume un feu de bois. Ton visage vire tout à coup au rouge lorsque tu devines ce qu'il prépare… SON REPAS ! Tu voudrais dire de gros mots, mais tes parents t'ont appris qu'il fallait garder son sang-froid même dans les pires situations.

Contente-toi de tourner les pages de ton Passepeur jusqu'au chapitre 105.

Vous vous glissez dans la brèche de la muraille. Tu entends des cris d'animaux étranges, pas normaux du tout.

GWRAOOOOUUUU ! GRRRRUU !

Tu pries pour ne jamais avoir à te frotter à une créature au hurlement aussi sinistre. C'est comme si tu venais de poser le pied dans un autre endroit, un autre continent, un monde presque irréel.

Vous continuez votre marche nocturne en direction des falaises tout en étant sur vos gardes. Vous contournez d'innombrables arbres. Vous interrompez votre progression lorsque vous constatez que les feuilles des arbres bougent et qu'il n'y a pas un souffle de vent. Pas mal bizarre, ça !

Tu lèves la tête et découvres qu'il ne s'agit pas de feuilles, mais de grosses tarentules vertes. IL Y EN A DES MILLIERS ! Elles bougent leurs pattes velues et descendent vers vous. C'est l'heure de déguerpir ! Vont-elles réussir à vous attraper ? Pour le savoir…

… TOURNE LES PAGES DU DESTIN.

Si elles vous ont attrapés, allez au chapitre 6.

Si, par contre, vous avez réussi à fuir, rendez-vous au chapitre 2.

Devant la muraille du zoo, tu constates avec Marjorie que Jean-Christophe... EST TOUJOURS COINCÉ DANS LA BRÈCHE !

Le félin se jette sur toi...

Blessé au bras droit, tu dois tourner les pages de Passepeur avec une seule main, OUI ! Seulement ta main gauche, tourne les pages de ton livre jusqu'au chapitre 25.

Soudain, un sabot sort du sol, suivi d'une jambe décharnée. Tu sursautes lorsque la tête de l'animal et son corps putréfié émerge. C'est un zèbre. Enfin, ça ressemble à un zèbre. Ses yeux brillent d'un curieux éclat. Il ne peut s'agir que d'un zèbre-zombie, ça ne peut pas être autre chose.

En même temps des grognements vous parviennent d'une autre partie du zoo. Tu balaies l'endroit avec la longue-vue. Des silhouettes sombres courent un peu partout dans l'enceinte. Tu refiles la longue-vue à Jean-Christophe en pointant avec ton index le zèbre-zombie.

— Je m'en doutais, fait-il en passant l'appareil à sa sœur pour qu'elle puisse voir elle aussi. J'ai un oncle qui collectionne les vieux journaux depuis très longtemps. J'y ai lu des choses sur ce zoo. Il a près de cinq ans, il on été obligé de fermer l'endroit parce que les animaux était tous porteur d'une étrange maladie qu'aucun vétérinaire ne pouvait traiter. Les autorités, pour éviter tout risque de contagion, ont fait évacuer le zoo et ensuite barricader l'entrée. Les animaux ont été abandonnés à leur sort. Ils croyaient sans doute que la nature suivrait son court. Il est évident que quelque chose c'est passé, quelque chose de terrible…

Ouais ! Il semblerait que les forces du mal ont élu domicile à Sombreville encore une fois. Allez au chapitre 49.

À peine avez-vous traversé une brèche dans la muraille que vous êtes stoppé par un espèce de lion à trois têtes.

Tu dégaines ton BOUH-merang, et tu le lances vers la bête mutante. Vas-tu réussir à l'atteindre. Pour le savoir…

… TOURNE LES PAGES DU DESTIN ET VISE BIEN !

Si tu réussis à l'atteindre, SUPER ! Va au chapitre 86.
Si cependant tu l'as raté, ne serait ce que de très peu. Rends-toi encore au chapitre 86, MAIS SEULEMENT DEMAIN ! Pas de triche…

Comme dans un cauchemar, il se met à avancer vers vous tel une araignée géante dans une cacophonie de grincements. Vous ne savez pas quoi faire car vous n'avez jamais été attaqué par un luminaire. D'un geste spontané, Jean-Christophe clique à nouveau l'interrupteur **CLIC !** Aucune réaction de la part du lustre qui s'approche toujours en soulevant à tour de rôle ses membres métalliques.

Tu lances ton BOUH-merang. Ton arme fracasse un des globes **CRIIIINC !** et brise une ampoule. Le grand lustre laisse échapper un hurlement électrique de rage. **PRICHHHHHH !** Au bout de son bras blessé, des étincelles jaillissent des deux fils dénudés. C'EST GAGNÉ ? NON ! Car il lui reste encore quatre pattes pour se déplacer et toi tu n'avais qu'un seul BOUH-merang.

Tu saisis alors la deuxième clé et tu la glisses dans le trou de serrure. Tu la tournes vite du MAUVAIS CÔTÉ et elle se casse en deux. Maintenant, quels que soient vos talents de serrurier, vous n'arriverez jamais à ouvrir cette armoire.

Pris dans un coin, le grand lustre s'approche de toi et colle les deux fils dénudés sur ta cheville. En une fraction de seconde arrive…

… LA FIN.

Tu as échappé ton livre ? Devine quoi ? VOUS TOM-BEZ TOUS LES TROIS DANS LE FOSSÉ…

TRIPLE SPLOUCHS ! Et vous voilà dans la flotte. Tout de suite vous constatez que vous touchez le fond de cette mare d'eau dégoûtante aux parfums de cadavre. La tête hors de l'eau, vous ne bougez pas un muscle. Tous les trois, vous scrutez la surface à la recherche de votre hôte près à filer comme des balles dans la direction opposée. Va-t-il manifester un intérêt pour des Téméraires bien frais ? Eh oui ! Trois yeux percent la surface et avancent vers vous lentement.

Difficilement vous courrez. Vos pieds s'enfoncent dans le lit vaseux de cette rivière circulaire. Vous réussissez tout de même à faire plusieurs fois le tour. Soudain, ton pied déloge un objet. Derrière toi, un tourbillon énorme se forme. Comme lorsque tu enlèves le bouchon d'une baignoire, **SLUUUUUURP** ! Vous êtes tous les trois aspirés.

Vous ouvrez les yeux et vous secouez la tête. Que vous est-il arrivé ? Vous êtes allongé sur le sol tous les trois. Autour de vous, il n'y a plus d'eau ni trace du crocodile à trois yeux.

Mais quelqu'un sent mauvais des pieds ici et ce n'est pas un de vous…

Qui est-ce alors ? Va au chapitre 10.

17

Lentement le vieux monsieur pivote sur lui-même, braque son ignoble pistolet dans ta direction et appui sur la gâchette. **PSSSSSSSSS !**

Tu voudrais crier mais ça fait trop mal. Tu sens des transformations s'opérer en toi. Tranquillement, ton corps se matérialise. Juste avant que tu ne cries YOUPI ! tu te rends compte que ouais, ta main tu peux la voir maintenant sauf que la main droite se retrouve à ton bras gauche et celle de gauche elle, au bout de ton bras droit…

ÇA VA MAL ! TRÈS MAL, TE DIS-TU ! Imagine-toi que ce n'est pas tout. Difficilement, tu essaies de contrôler ta main droite qui est à ton bras droit et tu tentes de te gratter le nez. Oui oui, tu finis par y parvenir, mais tu as la désagréable surprise de constater que c'est ton gros orteil que tu as maintenant entre les deux yeux.

— Je sais je sais, essaie de s'expliquer le vieux monsieur. Mon antidote contre la transparence n'est pas parfait. Je vais continuer mes recherches jusqu'à ce qu'il soit au point. En attendant, tu peux t'amuser avec mon chien-chien et sa baballe parce que avant que j'y parvienne, ça pourrait prendre quelques temps… DES ANNÉES !

FIN

18

LÀ-BAS ! Oui, là-bas, ce n'est pas une cage mais une tarentule. Ouf ! C'est une chance que tu l'es aperçu. Qu'est-ce qui te serait arrivé si tu ne l'avais pas remarqué cette gardienne, cette geôlière cruelle qui a la tache de vous surveiller.

Vous vous consultez sur la tactique à prendre.

— Nous n'avons pas le choix, conclu Jean-Christophe en observant la grosse bête immobile au loin. L'un de nous doit créer une diversion pendant que les deux autres s'enfuient. Ensuite, en même temps, nous allons nous mettre à lui crier et à lui hurler des tas de gros mots. Je pense que ça devrait suffire à la dérouter et à l'effrayer.

— J'y vais ! se propose Marjorie en levant la main. Comme vous dites toujours : pour vous je suis détestable et pour les monstres je suis immangeable et sans doute indigeste.

Marjorie ouvre lentement la porte de la cage. L'araignée réagit tout de suite en se dressant sur ces longues pattes. Ton amie prend une grande respiration, rassemble son courage... ET COURE DIRECTEMENT VERS LES MANDIBULES MORTELLES DE L'ARAIGNÉE !

— CE N'EST PAS NOTRE PLAN ! lui hurle son frère horrifié. MARJORIE ! REVIENT...

Allez au chapitre 50.

19

Une chose que tu n'oublieras jamais, se sont tous ces bocaux ces têtes d'animaux dans le formol. Et tu te souviens aussi, que dans un bocal, il n'y avait pas une tête… MAIS UNE MAIN ! Toi tes neurones fonctionnent oh là là ! Très bien, et tu as vite fais le lien. Tu as compris tout de suite lorsque tu as aperçu l'ogre à qui appartenait cette main.

Alors, il faut rendre à l'ogre ce qu'il lui appartient. Pressé d'en finir, vous rebroussez chemin jusqu'à l'hôpital des animaux. Dans le labo, tu t'empares du bocal en question et tu le remets à l'ogre qui ne cesse de pleurnicher.

— QUOI ! QU'EST-CE QU'IL Y A ? demandes-tu au monstre qui regarde sa main, les yeux pleins d'eau.

—Il faut rebrancher ! t'annonce Marjorie avec insistance. Il faut remettre sa main où elle va…

—NON ! Mais c'est impossible, tu es docteur toi ? répliques-tu. Il n'y a personne ici qui peut réaliser ce genre opération, nous ne sommes pas qualifier.

—Tu oublies la règle numéro 17 de la charte des Téméraires, te rappelle-t-elle. Il faut toujours aider ceux qui sont dans le besoin, même s'il s'agit d'un monstre dégoûtant…

Va au chapitre 90.

20

Ton BOUH-merang frappe de plein fouet la grosse boule qui éclate en mille étincelles qui tombent sur le sol. YOUPI ! Tu l'as eu ! NON ! Ce n'est pas le temps des réjouissances car partout le sol s'enflamme. Ce n'est pas de l'eau qui a par terre mais de l'essence ou du pétrole ou quelque chose du genre car ça brûle. Le feu courre vite vers vous.

Vous déguerpissez, les flammes et la grosse tortue mutante à vos trousses.

— IL FAUT RETROUVER ZACH ! Propose Marjorie qui courre et qui jette des regards nerveux par-dessus ces épaules. LUI POURRA NOUS AIDER !

Mais les galeries de la caverne sont comme le réseau inextricable d'un labyrinthe géant, vous vous perdez dans les dédales. OK ! Vous avez parvenu à vous éloigner et gagner quelques minutes mais le son des flammes qui crépitent et les pas lourds de la tortue se font de plus en plus audible. Vous avez beau courir, ils vous rattrapent chaque fois.

Téméraires que vous êtes vous ne lâchez pas, vous vous jetez dans une galerie puis une autre jusqu'à ce que vous vous butiez à une impasse. Arrive vers vous la tortue, **POUM ! POUM ! POUM !** Avec elle…

LA FIN…

Cette brèche ci dans la muraille est plutôt étroite. Quelques contorsions et voilà, toi et Marjorie vous vous retrouvez de l'autre côté de la muraille qui entoure le zoo. Jean-Christophe essaie à son tour mais il ne peut pas passé.

— Tu es trop grand et trop costaud, lui dis-tu en examinant la dimension de la brèche. Tu n'arriveras jamais à passer.

— Trop gros, tu veux dire, reprends sa sœur Marjorie. Il est trop gros pour passer dans le trou.

— TROP GROS ! s'offusque Jean-Christophe.

Insulté, le bras dans la brèche, il tente de saisir sa sœur.

— Attend que je t'attrape, fait-il sans réussir.

Soudain, **CRITCH !** un petit grattement survient.

— CHUT ! fais-tu à tes copains.

CRITCH ! CRITCH !

Tu te retournes vers les cages. Elles sont désertes ! Ça provient d'où alors ce bruit là ?

Tu déglutis avec peine et tu te rends au chapitre 98.

22

Bon ! Eh bien ! C'est parce que tu tiens une de ces formes que tu n'es pas tombé. Enfin, toutes ces heures que tu as passé au gym de l'école ont été profitables…

Vous parvenez à atteindre l'entrée de la caverne. Le feu crépite toujours. Tu attrapes un bout de bois enflammé pour t'en servir comme torche et tu avances vers la caverne. Avant que tu y mettes le pied, bondit un espèce de gros lézard sur vous en grognant. **GRRRRRRR !** Tu t'écartes de la trajectoire du répugnant lézard qui tombe en bas de la falaise. Tu souris à Marjorie et Jean-Christophe qui ont encore les yeux écarquillés par cette soudaine apparition.

— Vous avez vu de la façon que je m'en suis débarrassé ? leur dis-tu fier de ton coup.

Mais cette petite victoire est de très courte durée car le lézard a déployé ses ailes noires et raides, semblable à ceux d'une chauve-souris et vole à ta hauteur dans un concert de claquement de mâchoires qui claquent dans le vide. **CLAC ! CLAC ! CLAC !**

Tu dégaines ton BOUH-merang…

— STOP ! Crie une voix rauque derrière dans la caverne.

RETOURNE-TOI VITE ! Au chapitre 65.

23

Tu saisis la clé et découvre qu'elle était accrochée au bouton d'un interrupteur. **CLIC !** Et la lumière fût. C'est beaucoup mieux maintenant. Vous pouvez voir où vous allez. Vous pouvez voir aussi le grand lustre qui se balance au plafond et qui… PREND VIE !

Marjorie s'écarte avant qu'il ne lui tombe sur la tête. Le grand lustre se décroche et atterrit sur le plancher sans même casser un seul de ses globes de verre.

Reculez vite jusqu'au chapitre 15.

24

Vous voudriez bien être quelque part d'autre mais vous êtes ici avec une pièce de ce mobilier démoniaque qui vous attaque.

Au prix de plusieurs contorsions, Marjorie et Jean-Christophe réussissent à esquiver l'assaut du buffet qui fonçait vers eux, gueule ouverte. Un rapide coup d'œil circulaire dans la salle du château t'amène à apercevoir une lourde porte sculptée. Alors que tu pousses tes amis vers la sortie, le buffet marche comme un crabe et vous bloque le chemin. Vous faites tous les trois un pas de recul. Le buffet avance lentement en faisant craquer ses pieds de bois.

CRAC ! CRAC ! CRAC !

— TON BOUH-MERANG ! te crie Jean-Christophe.

Tu dégaines l'arme et tu te positionnes prêt à l'envoyer comme s'il s'agissait du dernier lancé pour le troisième retrait de la neuvième manche d'une partie de base-ball qui décidera du championnat.

... TOURNE LES PAGES DU DESTIN.

Si tu réussis à l'atteindre, BRAVO ! Filez comme des boulets au chapitre 95.

Si, par contre, tu l'as carrément raté. Quel malheur ! Allez chapitre 106.

C'est très étrange ! Le félin ne s'en est pris qu'à toi, seulement à toi. Il aurait pu te mettre en autant de pièces qu'un puzzle de 500 morceaux, mais il ne t'a qu'égratigné le bras droit avant de partir. C'est très bizarre…

Marjorie t'aide à te relever. Avec elle, tu cherches à comprendre. Alors que tu observes ce gros bêta de Jean-Christophe toujours coincé dans le trou de la muraille, tes mains se mettent à trembler. Tu essaies de les contrôler mais rien à faire. Maintenant, c'est tout ton corps qui a la tremblote. Les griffes de ce félin mort étaient empoisonnées ou quelque chose du genre, il faut vite te conduire vite à l'hôpital.

Ensemble, vous réussissez à dégager Jean-Christophe et ensuite à sortir du zoo. Tu te sens très faible, il y a de forte chance que tu n'ai pas le temps de te rendre à l'hôpital qui est à l'autre bout de la ville.

— La clinique du Docteur Weird, songe Marjorie. C'est à deux pâtés de maison, allons-y…

Tu essaies de marcher jusque là mais c'est très difficile. Le poison, ou tu ne sais pas quoi commence à envahir tout ton corps.

Tes amis doivent te traîner sur les quelques mètres qui restent à parcourir avant d'arriver devant la clinique au chapitre 82.

2|6

Le vieux termine sa petite tourner des cages et retourne vers les portes coulissante. Il ne t'as pas vu. Tu profites de ton invisibilité pour le suivre pas à pas, comme son ombre. Il passe le seuil et les portes glissent trop vite, t'as pas eu le temps d'entrer dans l'ascenseur.

Tu presses un bouton au mur et les portes s'ouvrent aussitôt. C'est trop rapide ça, ce n'est pas normal. Jamais vu un ascenseur aussi vite.

Avec précaution, tu y pénètres. Marjorie et Jean-Christophe entre eux aussi en courant. Bon maintenant où est le tableau commande, y a pas un seul foutu bouton à l'intérieur de cet ascenseur.

Vous cherchez pendant quelques secondes puis les portes s'ouvrent à nouveau. Vous ne pouvez aller nulle part avec cet appareil, vous sortez alors tous les trois.

OH OH ! Qu'est-ce qui se passe ? Vous n'êtes pas du tout au même endroit. Devant vous s'étend un long couloir métallique éclairé par une série des néons vert en suspension. Un curieux ronronnement semblable à celui d'une centrale électrique résonne.

Tu regardes par un hublot et qu'est-ce que tu y aperçois… LA TERRE !

Rends-toi au chapitre 60.

27

C'est vrai que la situation semble désespérée, mais toi tu es un Téméraires, tu ne laisseras jamais tomber. Pendant que deux extra terrestres forcent Marjorie à se coucher sur une table d'opération, tu te creuses la cervelle et cherche une solution.

Jean-Christophe tente de venir en aide à sa sœur mais il est immédiatement neutralisé. Autour de la salle il y plein de consoles et de tableaux de bord. Tu ignores totalement l'utilité de ces appareils mais tu te doute qu'il y a un bouton ou un levier qui déclencherait l'autodestruction mais lequel ? C'est une technologie qui t'es inconnu et en plus ce qui est écrit sous chaque bouton est illisible.

Le vil docteur Kzarrien clique son scalpel, pour le mettre en mode incision profonde et s'approche de Marjorie. Dans son visage terrifiant, tu devines un sinistre sourire. T'as plus choix, tu dois faire quelque chose. Lentement, tu enlèves un de tes espadrilles et avec le bout de tes pieds, tu le lances sur un des tableaux de bord en espérant tomber sur le bon bouton.

Ton espadrille virevolte dans les airs et roule sur une console. Quel en sera le résultat ?

Rends-toi au chapitre 70.

28

Vivement tu te retournes. Une ombre géante contourne un des bâtiments et arrive vers vous. Ses pas lourds résonnent très fort et font vibrer la grande porte grillagée.

POUM ! POUM ! POUM !

L'espèce de gros monstre au corps purulent pointe une longue défense d'ivoire avec la ferme intention de vous transformer en brochettes. Cette masse de chair difforme et malodorante est en fait un rhinocéros, enfin ce qu'il en reste.

Crier sauve qui peut et courir serait peut être la meilleure chose à faire mais le rhinocéros vous rattraperait assez vite. Rapidement tu évalues la situation. Il y a tout d'abord les portes qui s'ouvrent vers les manèges, si toutefois elles ne sont pas verrouillées. Et puis il y a aussi ses trois billets que tient dans sa main le squelette de la préposée à la billetterie. Ont a déjà vu ça souvent auparavant, tirer sur les trois billets pourrait avoir pour effet d'actionner un mécanisme infernal qui lui ouvrirait une espèce de trappe cachée dans le sol juste sous nos pieds.

Alors, qu'allez-vous faire ?

Tenter votre chance avec les grilles qui conduisent aux manèges ? Dans ce cas ci rends-toi au chapitre 59.

Espérez que la main squelettique cache un mécanisme ? Va alors au chapitre 39.

29

— TU M'AS POUSSÉ ! lui cri t-elle alors qu'elle s'élève. Même si tu sors vivant de cette aventure, tu n'as pas fini tes troubles car je vais le dire à papa que tu m'as poussé. Il va te faire ta fête et…

Marjorie continue de crier des petites menaces à son frère jusqu'à ce quelle atteigne le plus point le plus élevé.

— Est-ce que ça ne serait pas plus simple de chercher tout de suite la falaise au lieu du kiosque d'information, pense Jean-Christophe en se grattant la tête.

— Mais t'as raison ! lui concèdes-tu. Pourquoi n'y ai-je pas pensé plus tôt ?

Tu appuies sur le bouton rouge de la console et la grande roue stoppe en craquant de façon sinistre. En haut, Marjorie a peur et serre très fort les bras de la nacelle. Tu lui cries d'en bas de chercher la falaise plutôt que le kiosque. Elle te répond qu'elle ne voit rien.

— COMMENT ÇA, TU NE VOIS RIEN ? lui hurles-tu. MAIS C'EST IMPOSSIBLE !

— J'AI LES YEUX FERMÉS CAR J'AI LE VERTIGE, te répond t-elle de la haut.

Exaspéré, tu te rends au chapitre 64.

30

— Je ne peux pas croire que je vais faire cela, rage Jean-Christophe en se tenant la tête. D'accord, voilà, longue-vue pour voir dans le noir, je m'excuse. T'es contente, maintenant… CAPRICIEUSE !

Satisfaite, Marjorie ressort l'appareil de son sac pour te le remettre. Tu le portes tout de suite devant ton œil droit. Comme par magie, les contours des cages et des différents bâtiments du zoo apparaissent. Tout est en bleu mais au moins tu voies quelque chose. Marjorie avait raison, son invention fonctionne parfaitement.

Assis à cheval sur une grosse branche, tu scrutes longuement chaque recoin du zoo sans rien n'y remarquer d'anormal. Y a pas âme qui vive là dedans. Juste comme tu allais abandonner, tu as une curieuse impression. C'est comme si une petite partie du sol situé dans un enclos avait bougé. Était-ce seulement le fruit de ton imagination ?

Tu zoomes tout de suite sur l'endroit en question. La terre se met encore à bouger. Tu demeures complètement immobile. Marjorie et Jean-Christophe ont aperçu les gouttes de sueurs qui coulent sur ton front. Ils savent qu'il se passe quelque chose.

Va au chapitre 13.

Tu réalises soudain que le départ de l'engin spatial a mit feu au bâtiment et que la fumée se fait déjà dense, IL FAUT SORTIR !

Tu attrapes par une main Marjorie et avec l'autre ton ami Jean-Christophe. La porte du labo s'ouvre automatiquement sur un long couloir. Vous courrez tous les trois poursuivi par la fumée et le feu qui gagne du terrain. Tout au bout du couloir, tu aperçois sur le mur, un petit tableau de bord.

— C'est par ici que nous sommes arrivés plus tôt, remarque Jean-Christophe. La grande peinture de l'extra terrestre est juste de l'autre côté de ce mur.

Tu pitonnes quelques boutons et le mur pivote **SCHHHH !** Avec ton couteau suisse, tu découpes la toile du grand tableau.

— MAIS QU'EST-CE QUE TU FABRIQUES ? S'impatiente Marjorie. Ce n'est pas le temps de ramasser des souvenirs, le feu s'approche… VITE ! GROUILLE-TOI !

— Cette preuve de l'existence de dangereux Kzarriens et je compte bien l'apporter avec moi, lui dis-tu sur un ton décidé.

Tu roules la vieille toile sous ton bras et vous déguerpissez jusqu'au chapitre 108.

En tremblant, tu écartes les toiles d'araignée et tu souffles très forte pour enlever la poussière. QUELLE HORREUR ! Tu t'arrêtes frapper de stupeur.

1498

Lorsque tu en auras assez de regardez cette dégoûtante créature au regard inquiétant, va au chapitre 41.

Ton activité préférée à toi c'est le bousillage des méchants, surtout ceux qui s'en prennent aux gentils animaux. Reste à trouver cette falaise maintenant.

— Il faut absolument chercher un kiosque d'informations, dis-tu à tes amis.

— Ouais mais le hic c'est qu'il n'y aura personne pour nous la donner la direction, affirme Marjorie et avec raison. T'as pensé à ça. Ah peut être un autre dégoûtant squelette mais pas plus.

— Écoute, lui expliques-tu. Il va certainement y avoir un plan ou de vieux dépliants avec le plan dessiné dessus pour nous donner une quelconque indication. Il faut trouver un endroit assez élevé pour avoir une bonne vision d'ensemble du zoo.

— La grande roue fera l'affaire je crois, suggère Marjorie en pointant le grand manège. De la haut, nous allons voir tout le zoo et même plus loin.

— PARFAIT ! t'exclames-tu. Allons-y ! Il faut vite trouver le kiosque d'informations.

Courrez vers la grande roue. Elle se trouve au chapitre 61.

Vous arrivez près du premier manège. Laissé à l'abandon et battu par le temps, le carrousel a perdu depuis longtemps les belles couleurs qui éblouissaient les enfants.

Tu te rends compte que plusieurs animaux de plastique sur lesquelles les enfants prenaient place ont disparu. Tu t'approches et note qu'il y a du sang séché sur chacun des poteaux de métal tordus où étaient placés les animaux en question. C'est pas normal, c'est comme si les animaux de ce manège s'étaient enfuis…

Effrayé, tu recules. Tu t'arrêtes lorsque tu sens quelque chose te piquer dans le dos, juste entre tes deux omoplates. Avec un serrement de cœur, tu te retournes. C'EST LE RHINOCÉROS !

Tu ne bouges pas un muscle car tu sais que c'est inutile et que l'animal te tient à sa merci. Tu commences à réciter une prière. L'animal s'impatiente et grogne, **GRRRRR !**

Pourquoi ne t'achève-t-il pas au lieu de grogner ? Tu te tournes lentement vers lui et remarques qu'il a planté dans sa défense… UN BOUT DE PAPIER !

Cesse de trembler et prend le papier au chapitre 74.

Aussitôt LE BON FIL CONNECTÉ, toutes les lumières clignotent et la grande roue s'illumine. SUPER !

— Voici le plan, expliques-tu à tes amis. Toi Marjorie tu te laisse bercer et tu monte la haut pendant que Jean-Christophe et moi opérons la console.

— Depuis quant faut-il être deux pour appuyer sur un bouton ? demande Marjorie pas du tout contente de ton plan. Et puis pourquoi ça ne serait pas toi qui ferais un petit tour de manège ?

— Il faut être deux opérateurs à la console en cas de pépins, essaies-tu de lui expliquer. Puis regarde les structures d'acier de la grande roue sont pas mal rouillée, j'ai bien peur que tout s'écroule si nous y mettons trop de poids. Toi tu es la plus légère, y a plus de chance que ça tienne…

— Pourquoi j'me sens pas rassurée là ? Lance-t-elle. Non, mais explique-moi !

Jean-Christophe pousse sa sœur dans la nacelle.

— Veut pas le savoir ! s'impatiente-t-il en bouclant la ceinture de sécurité.

La grande roue tourne lentement et élève Marjorie dans le ciel au chapitre 29.

36

Péniblement, vous venez à bout de monter jusqu'à une grande pièce macabre. Il y a des plusieurs vieux meubles et des étagères remplies d'anciens bouquins. C'est la bibliothèque de ce château enfoui et oublié. De longs rideaux de velours rouge pendent. Sous une couche de poussières grise, ils ont depuis longtemps perdu leur beauté. Tu coures vers la fenêtre et tu écartes les rideaux un mur de briques bloque la fenêtre. Tu frappes avec ton poing : c'est du solide ces vieilles constructions.

Pendant que Marjorie feuillette un livre, tu t'assoies dans un grand et confortable fauteuil question de réfléchir. Cette salle devait être majestueuse à l'époque mais pour le moment elle est assez sinistre merci. C'est curieux, au touché le tissu du fauteuil est semblable à de la peau. Tu as soudain l'impression d'être observé. Lentement tu tournes la tête. Au-dessus de ton épaule... DES YEUX CRUELS TE REGARDENT !

QUELLE DIABLERIE ! Le fauteuil dans lequel tu es assis est vivant. Tu essaies de te lever mais les bras du fauteuil se referment sur toi. Au même moment, un buffet avec une gueule immense fait craquer ses planches brunes et avance vers Marjorie et Jean-Christophe.

OUAAAAAAAA ! Allez au chapitre 62.

CRAAAC ! Ah non ! la branche c'est cassée dans le trou de la serrure et il n'y a plus moyen de la faire sortir de là. QUELLE BOULETTE !

L'une après l'autre, les tarentules reviennent... AVEC D'AUTRES VICTIMES ! Un zèbre, une girafe et OH NON ! Rébecca ! Celle qui travaille au club vidéo. Oui celle qui est « full » gentille comme dit Marjorie et qui vous met de côté, à chaque semaine les films en nouveautés.

En plus, elle aurait pu faire une excellente Téméraire comme vous car vous avez des tas de point en commun : vous êtes tous les deux très brave, vous aimez les films d'horreur, le mais soufflé rose, la confiture et le beurre d'arachide mélangée sur une tranche de pain grillé et des tas d'autres trucs.

Ouais ! Vous avez plein de chose en commun, REGARDE ! Vous allez même finir tous les deux de la même façon, bouffés par une horde de tarentules géantes.

Ah ! C'est là que le l'on peut reconnaître les vrai amis dans la vie et jusqu'à la...

Félicitations à toi pour avoir trouvé le mot de passe…

Vous vous glissez discrètement dans la brèche de la muraille. Les bruits, les sons et les cris des animaux vont font penser aux films de Tarzan. C'est pareil comme si vous étiez dans la brousse sauvage d'un quelconque continent éloigné. Le dépaysement est total. Difficile à croire que vous êtes dans un zoo en plein cœur de Sombreville.

Un large fossé a été creusé tout autour de l'hôpital des animaux. Qui a creusé ce fossé ? C'est comme si ont voulait se protéger de quelque chose. Y aurait-il des vétérinaires et des gardiens du zoo qui se seraient retranchés ici. Serait-il possible de les trouver toujours en vie ?

Vous faites rapidement le tour et constatez qu'il n'y a aucune façon d'accéder à l'édifice. Le fossé est à moitié rempli d'une eau verdâtre impossible de voir s'il y a des piranhas ou des alligators cachés sous la surface.

Tu pousses un petit caillou dans le fossé, **PLOUC !**
Trois yeux percent la surface…
TU VIENS D'OBTENIR UNE RÉPONSE…

Rends-toi au chapitre 80.

Sans hésiter, tu arraches des mains du squelette les trois billets. Tout de suite un grincement se fait entendre. CRIIIII ! Tu avais raison, le sol se dérobe sous vos pieds et vous glissez tous les trois dans l'ouverture jusqu'aux fondations d'un très vieux château. Les murs de pierres d'un autre âge suintent d'humidité. Il y a partout du lichen et des champignons qui explosent lorsque vous vous approchez.

POUF ! POUF ! Des nuages de spores toxiques vous entourent. Votre intrusion a aussi semé la panique parmi les rats qui se piétinent et déguerpissent dans tous les sens. Vous cherchez dans quelle direction allez car sa s'en vient vraiment suffocant, voire même irrespirable, par ici. Lampe de poche oblige. Tu fouilles dans le sac de Marjorie pour prendre la lampe. CLIC ! Ton faisceau illumine un labyrinthe de couloirs dangereux. Tu avances malgré tout.

Le mécanisme que tu as actionné n'a pas cessé et résonne toujours, pourquoi ? Tu te retournes et pointes ta lampe derrière vous. Un mur métallique parsemé de longs pics rouillés roule sur le sol et avance lentement dans votre direction.

Faut espérer que ce couloir n'est pas un cul-de-sac. Va voir au chapitre 100.

40

Pendant que Jean-Christophe monte la garde à l'entrée du labo, avec Marjorie tu fouilles l'endroit. Sur une petite table roulante, il y a tout un assortiment d'outils servant à des opérations. Le bistouri porte des traces de sang frais. À quelles expériences inavouables ces objets ont-ils servi ?

Tu te sens tout à coup attiré par une grande armoire placée dans une partie sombre du laboratoire. Avec une chandelle, tu t'approches et tires sur la poignée. ZUT ! Elle est verrouillée…

Examines la serrure et rends-toi ensuite au chapitre 52.

Saisie de panique, Marjorie jette des regards nerveux derrière vous.

— Je ne me trompe pas là, hein ? dis-tu à Jean-Christophe. C'est un extra terrestre de la nébuleuse de Kzar qu'il y a sur ce tableau. Mais c'est impossible, il a été peint en 1498, comment cela se pourrait-il ?

— Il n'y a qu'une explication, je crois que nous venons de faire une découverte importante, réfléchit ton ami. Ce tableau est la preuve irréfutable que les extra terrestres existent et qu'ils sont venus sur terre il y a de cela très longtemps. Il faut emporter le tableau avec nous.

— MAIS TU DÉRAILLES ! s'emporte Marjorie. Comment allons nous faire ? C'est super lourd ce truc là ! Et puis qu'est-ce qui vous dis qu'il ne s'agit pas d'un mutant, le zoo fourmille de ces créatures !

— Un détail, indique Jean-Christophe en posant son index sur la petite soucoupe volante peinte sur la toile.

Au même moment, **SVOOOUUUUCH !** Le tableau pivote et un couloir tout métallique apparaît devant vous...

... Au chapitre 45.

Comme si tu t'étais déjà servi mille fois de cet ordi, tu accèdes rapidement au logiciel d'hologrammes. Tout de suite quelques boutons clignotent sur le projecteur. ÇA MARCHE ! Tu passes à la deuxième étape : Tu fouilles le fichier : Monstres, créatures et bêtes dégoulinantes en espérant servir à ce cruel docteur Kzarrien sa propre médecine et l'effrayer avec la projection holographique d'un monstre vraiment effrayant.

Tu cherches mais y a pas grand chose qui ferait l'affaire, d'ailleurs, avec quel genre de monstre pourrais-tu effrayer un affreux et immonde extra terrestres ?

Le grand Thomas dans ta classe. OUI ! Grand comme un réfrigérateur, il bave comme une huître et avec sa casquette verte, genre vomi, il fera certainement l'affaire.

Le scalpel-laser n'est plus qu'à un centimètre du cou de Marjorie.

Tu te dépêches, **CLIC ! CLIC !** et tu tombes sur tous les gars et filles de ton école.

— WOW ! t'exclames-tu éblouis. Il y a vraiment de tout dans cet ordi.

Tu cherches le prénom de Thomas et tu presses la touche activation.

CLIC ! Au chapitre 96.

Tu sais qu'en remettant le petit arbuste dans la terre, tu cours un risque énorme avec la maman arbre qui n'a pas l'air commode, mais vois-tu, c'est plus fort que toi, tes sensible à la nature.

Alors, avec d'infimes précautions, comme le font les botanistes de profession, tu remets les racines du petit arbuste dans le sol à l'endroit exact où il était et tu attends la suite, paré à faire face à ta destiné quelle quelle soit. Le grand arbre se redresse et t'attrape violemment par les deux bras. Tu te dis que, oui, peut-être que tu aurais dû être méchant et brûler le petit arbuste. De cette façon, tu aurais peut-être pu t'en sortir. Mais maintenant il est trop tard. À plusieurs mètres du sol, les pieds suspendus dans le vide, tu t'attends à être bouffé tout cru par un arbre, quel avenir. Mais il n'en est rien. Tu as gagné la sympathie de l'arbre qui te pointe avec une de se branches l'endroit exact que tu devrais explorer dans le zoo pour terminer ton histoire : les manèges.

Ensuite, tous les arbres de cette forêt étrange se donne LA BRANCHE pour vous ramener, sains et sauf, par voie des airs…

… au chapitre 4 afin de vous rendre aux manèges.

Un éclair zèbre le ciel et toutes les lumières de Sombreville s'éteignent en même temps. C'est une panne générale ! Marjorie courre chercher une lampe électrique. Tu ne peux pas attendre une minute de plus. Tu souffres énormément et tu te sens vraiment drôle. Tu réussis à tâtons à attraper le petit contenant remplie de pilules. Avec ton pouce, tu fais sauter le couvercle, **PLOC !** Sans lire la posologie, tu en avales trois.

Tout de suite tu te sens beaucoup mieux, ah ouais ! beaucoup mieux. Tellement mieux qu'on dirait que tu flottes dans les airs. Marjorie revient lampe en mains et se met aussitôt à pleurer. Pourquoi ? Tu t'approches d'elle pour lui dire que tout est OK maintenant et que tu te sens mieux, mais tu te rends compte qu'avec son frère, elle pleure sur ta dépouille. TA DÉPOUILLE ! Qu'est-ce que ça signifie ?

Tu viens de passer de vie à trépas et tu ne t'en es pas aperçu. Il faut toujours lire la posologie sur les bouteilles de médicaments, surtout ceux du Docteur Weird.

Maintenant, tu es un fantôme et bien sûr, tes amis resteront toujours tes amis. Mais tes parents eux, que vont-ils en dire, vont-ils un jour s'habituer à avoir comme enfant… UN ECTOPLASME !

FIN

Aussitôt que tu poses le bout de ton pied dans le couloir aux murs métalliques, le carrelage propre et sans poussière s'illumine comme le plancher d'une discothèque et une voix de synthèse résonne : ALERTE ! ALERTE ! INTRUS ZONES 436 !

Vous essayez de rebroussez chemin mais le grand tableau pivote à nouveau et vous pousse tous les trois dans le couloir. **SCHHHH !** Des pas lourds se font entendent. Vous ne savez pas de quoi il s'agit mais ça vient vers vous. Sur un mur, il y a un petit tableau de bord. Tu appuies vite n'importe où. **CLIC ! CLIC ! CLIC !** Juste au-dessus de votre tête, une sorte de ventilateur bruyant se met à tourner très vite. Les molécules de ton corps ont tout à coup le goût de se séparer des unes aux autres et de prendre des vacances. Est-ce que ça va faire mal ? En tout cas elles explosent et tu es aspiré par le ventilateur. C'est en milliard de particules que tu voyages dans un réseau de conduits lumineux. C'est bizarre, malgré que t'es en pièces, le mot est faible, tu es encore en vie et ton cerveau à encore toutes ses facultés.

Tu te matérialises au chapitre 79.

46

— Passe-le-moi ton truc, demandes-tu à Marjorie en portant la main vers elle. J'veux l'essayer…

— Pas question ! s'objecte t-elle vivement. Pas avant que ce grand idiot se soit excusé.

— M'excuser ? se demande son frère. Pourquoi ?

— Oui, t'excuser auprès de mon invention, précise-t-elle. Une invention aussi ingénieuse mérite le respect. Allez excuse-toi auprès d'elle. Allez ! Qu'est-ce que tu attends ?

— Mais y'a des fils qui se touchent dans ton cerveau, s'indigne Jean-Christophe. Il n'est pas question que je me ridiculise devant ton machin à lumières rouge qui clignotent, jamais…

— Pas d'excuses, pas de joujou pour voir dans le noir pour vous deux, fait-elle en rangeant son appareil dans son sac en bandoulière.

— Allez Jean-Christophe, essaies-tu de le convaincre. Tu sais qu'en matière de tête de cochon ta sœur est top niveau. Si tu ne t'excuses pas, elle ne nous la passera jamais sa longue-vue et nous ne pourrons jamais voir ce qui se passe à l'intérieur de l'enceinte.

Tourne les pages de ton Passepeur jusqu'au chapitre 30.

Le fossé traversé, vous vous dirigez vers le bâtiment pas mal amoché. Il y a plusieurs trous dans les murs de briques et des marques de griffes d'animaux sur la porte. Les fenêtres sont barricadées de planches.

Un hurlement humain vous parvient de l'intérieur, **YAAAAAAHH** ! et vous glace d'effroi. Vous foncez vers l'entrée ! Étonné de voir que la porte n'est pas verrouillée, tu entres à la tête de tes amis, BOUH-merang en main. S'il y a encore des hommes et des femmes qui vivent ici c'est dans un état d'insalubrité épouvantable. Des blattes sortent d'une tasse de café renversée et courent partout. Une odeur écœurante te soulève le cœur. À part quelques fauteuils poussiéreux qu'il faudrait jeter et des vieux magazines déchirés, y a rien ici.

Vous traversez le hall d'entrée jusqu'au laboratoire. Des bougies presque entièrement consumées placées ci et là vous danser des ombres lugubres partout. Cet endroit est définitivement habité mais par qui ?

Le silence règne et fait monter la tension d'un cran. Il y a de la poussière partout sauf sur la table réservée aux opérations, Il y avait quelque chose de couchée là, il n'y a pas très longtemps…

Allez au chapitre 40.

Le regard terrorisé, tu te tournes vers tes amis…

— EUUHH ! vous n'allez pas me croire mais il y un arbre qui a bougé, leur murmures-tu en ne bougeant point les lèvres. Je vous le jure, crois de bois, croix de fer si je mens j'vais en enfer…

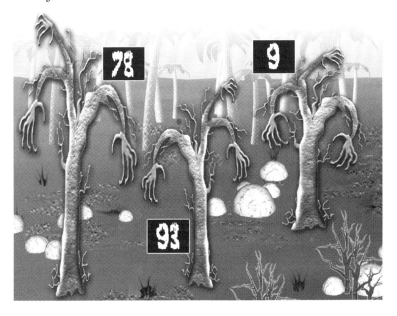

Rends-toi au chapitre inscrit sur l'arbre que tu penses avoir vu bouger.

49

Terrifiés, mais résolus à passer à l'action, vous descendez de l'arbre.

Au pied du chêne, vous vous assurez que vous avez en votre possession tout votre matériel.

— Marjorie, lui demande son frère. T'as tout l'équipement nécessaire ? La lampe, une corde, un calepin de note un crayon et la boussole.

— Tout est là, lui répond t-elle le nez dans son sac. Ah oui j'allais presque l'oublier, rajoute t'elle en sortant un drôle d'objet de son sac. Voici la p'tite dernière des armes des Téméraires. Pour se débarrasser des créatures que nous risquons de rencontrer, y a rien de mieux. Je l'ai nommée : BOUH-merang.

— Un boomerang ! répètes-tu.

— Non non non ! te reprend t'elle. BOUH-merang, parce qu'il peut même nous débarrasser même des fantômes.

— Et il revient vers nous ensuite ? demande son frère.

— Non, fait-elle désolée. Ça j'ai bien essayé de le faire revenir mais rien à faire.

Rends-toi au chapitre 57.

La tête entre les mains, tu observes avec impuissance à la scène. Une larme coule de ton œil gauche car tu as compris ce que ton ami Marjorie s'apprête à faire, elle va se sacrifier pour vous…

Tu veux pas voir cette scène d'horreur qui s'apprête à être jouer en direct devant toi « LIVE ». Ton sang se glace dans tes veines. Tu essaies de fermer les yeux mais y a pas un seul muscle de ton corps qui ne répond à tes commandes. À ta grande surprise, Marjorie stoppe net à cinq mètres de la tarentule qui est deux fois plus grande qu'elle. Que fait-elle maintenant ?

La tarentule avance toujours. Rapidement, Marjorie saisit un objet courbé sur le sol… C'EST SON BOUH-MERANG ! Elle s'élance…

Le BOUH-merang quitte sa main, tournoie et file comme une flèche en direction de la tarentule qui s'immobilise. L'arme de Marjorie sectionne quatre pattes de la monstrueuse araignée et revient directement dans la main de ton amie. L'araignée titube et tombe sur le dos. POUAH ! Un liquide verdâtre s'écoule des ses membres coupés. WOW ! Des trucs comme ça, à la télé, tu en voies plein, mais Marjorie vient d'en exécuter un, sous tes yeux et il n'y avait aucun trucage là dedans. Rien ne peut plus vous arrêter maintenant…

Retournez au chapitre 4 et choisissez une autre voie…

T'AS RÉUSSI !

Mais malheureusement avec ce qui se trouve de l'autre côté du passage caché, tu ne sais plus si c'est une bonne chose. En fait, il n'y a pas de mots pour décrire ces monstres bicéphales armés d'un gros gourdin qui montent la garde. On dirait un croisement entre un gorille et une machine à laver. C'est le moment de prendre une décision : te faire percer la peau par le mur plein de pics ou te faire aplatir comme une crêpe par ces monstres ?

As-tu vraiment le choix ? Non ! Alors, tu l'élances droit devant. Les deux gorilles-mutants soulèvent leur lourd gourdin et frappent. Tu sautes en diagonale. Les gourdins frappent tour à tour le sol **BANG** ! et soulèvent un nuage de poussière. Jean-Christophe et Marjorie se frayent un chemin rapidement entre les deux monstres et vous courrez tous les trois sans regardez derrière.

Plus loin, vous tomber sur croisement. À droite, le passage est condamné. À gauche, une chute d'eau verte contenant des rats noyés et de gros insectes morts, coule du plafond. Vous décidez, et avec raison de continuer tout droit. Vous finissez par tomber dans une grande salle vide où il n'y a qu'une caisse au beau milieu. Vous cherchez dans tous les recoins sans trouver de sortie. Vous finissez par pousser la caisse pour découvrir une ouverture assez large dans le plancher.

Vous sautez par le trou pour vous rendre au chapitre 73.

52

Tu colles ton œil au trou de la serrure. De l'autre côté de la porte, tu sembles y apercevoir des livres, des bocaux et des contenants de toutes sortes. Lorsque tu approches la chandelle près de la serrure, un courant d'air souffle et éteins la flamme. Sans doute un passage caché.

À droite, sur le mur il y a deux clés qui sont accrochées à une colonne de bois finement sculptée. L'une d'elles sert peut être à ouvrir la porte.

Étudie bien cette illustration et rends-toi au chapitre de la clé que tu crois être la bonne...

53

Lorsqu'il approche sa machine-outil dangereuse près de toi, **VRRR ! VRR! PUT ! PUT !** Plus d'essence…

L'ogre se met à pleurnicher devant tes yeux écarquillés par la surprise. Tu voudrais en profiter pour fuir mais ton amie Marjorie, qui a le cœur sur la main, est incapable de se mêler de ses affaires lorsqu'elle voit que quelqu'un a du chagrin. Elle s'approche de l'ogre, qui assit par terre le dos courbé, pleure à chaude larme. Elle ne le lâchera pas avant que vous ayez réglé le problème de l'ogre.

— Tonnerre de tonnerre ! Il faut trouver de l'essence, se résigne Jean-Christophe qui connaît bien sa sœur.

— Grosse nouille ! t'exclames-tu. Trouver de l'essence c'est signé notre arrêt de vie ou notre arrêt de mort. En tout cas, si tu crois qu'il nous laissera partir une fois que nous aurons fait le plein de sa tronçonneuse c'est que t'as la circulation qui ne se fait pas bien dans ton cerveau.

— T'as une autre solution alors ? veut savoir Marjorie toujours accroupie à côté de l'ogre. On ne peut pas le laisser comme ça.

— Ouais ! j'en ai une, leur annonces-tu. Mais c'est vraiment une solution genre TRÈS RÉPUGNANTE. Aidez ce gros bêta à se lever et suivez-moi…

… Jusqu'au chapitre 19.

Vous franchissez facilement une brèche dans la muraille. Plusieurs pierres se sont écroulées et laisse un grand trou béant. N'importe quel animal peut s'échapper d'ici et semer la terreur dans la ville, vous ne pouvez pas laisser ça tel quel. Ensemble, vous ramassez de grosses branches tombées des arbres morts afin de bloquer la sortie.

Ensuite, vous vous engagez dans l'enceinte. Quelques pas à peine suffisent pour que vous compreniez tous les trois que jamais vous n'aviez mis les pieds dans un endroit pareil. C'est trop laid pour être vrai. Il y a des cadavres d'animaux partout. Certain sont à l'état de squelettes et d'autre de putréfaction. Tu sens aussi une présence, mais tu n'as pas la moindre idée de ce que ça peut être. Quelque chose pourrait te sauter au visage, et tu n'aurais même pas le temps de dire « ayoye ! ». Tu tends le bras vers Marjorie qui comprend tout de suite ce que tu veux. Elle te donne son BOUH-merang. Tu le places dans ta ceinture, prêt à le dégainer au besoin. Très bonne idée car il y de grande chance que tu t'en serve bientôt.

Tu aurais le goût de tout laisser tomber mais qui d'autre que le Téméraires peuvent découvrir ce qui se passe vraiment dans cet endroit.

Tu ramasses les miettes de ton courage et tu avances jusqu'au chapitre 87.

Zach le gorille a terminé sa petite histoire et vous a indiqué le chemin le plus court pour atteindre les manèges du zoo : sa propre caverne…

Dans ta tête tout s'explique maintenant. Sauf qu'il y a un détail qui te chicote, que voulais dire le gorille par : créatures venues d'ailleurs ?

La caverne aux multiples galeries s'enfonce profondément sous la terre. Plusieurs fois vous devez choisir où vous aller. Un peu plus de précision de la part de Zach sur sa caverne n'aurait pas été de trop.

Sur le sol spongieux, ont dirait des ossements à moitié rongés. Une odeur d'animal flotte dans l'air. Oups ! Vous n'êtes pas seul.

— Est-ce que c'est toi Zach ? espère Marjorie. Tu veux nous faire peur, nous jouer un sale tour ?

NON ! deux yeux rouges percent la noirceur. C'est une énorme tortue au bec corné. Cette dernière ouvre sa bouche enflammée et décoche une boule de feu vers vous. SWWOOOUUUCH ! Tu ripostes vivement et tu lances ton BOUH-merang. Vas-tu réussir à atteindre la boule de feu ? Pour le savoir…

… Tourne les pages du destin et vise bien.

Si tu as réussi à l'atteindre, rends-toi au chapitre 20.
Si tu l'as complètement raté. Va au chapitre 104.

56

Les deux yeux fermés, tu te jettes dans le vortex. Aussitôt, tout se met à tourner autour de toi. Les objets qui t'entourent fondent et disparaissent pour faire place à d'autres. **DRIIIIIIIIING !** Une cloche résonne. Qu'est-ce que ça signifie ? Tu es derrière ton pupitre à l'école. T'as comme une curieuse impression de déjà vu…

Tu te lèves en même temps que tes copains et copines de classe et tu sors du local pour enfin pousser sur l'immense porte qui grince sur ces gonds **CRRIIIIIII !** Bousculé par tout le monde, tu essaies de te frayer un chemin jusqu'à la cours de l'école. Tout à coup, une main t'attrape et te tire hors de la cohue…

Qu'est-ce qui se passe ? T'as l'impression d'avoir vécu ce moment là par le passé ! Eh bien tu as raison. Les quelques lignes que tu viens de lire sont tirées du premier chapitre du Passepeur numéro 1, Perdu dans le manoir Raidemort. C'est vraiment une grande malchance pour toi, le vortex t'as transporté jusqu'au premier livre de la collection et si tu veux continuer ton aventure dans le Zoorreur, tu dois avant tout relire le livre et ensuite toute la collection. OUI ! Tu dois te taper à nouveau tous les 15 volumes avant de pouvoir revenir et terminer le numéro 16. Ça, c'est ce que l'on peut appeler… UNE MÉGA MALCHANCE !

FIN

57

— Alors pourquoi l'as-tu appelé BOUH-merang s'il ne revient pas ? lui demandes-tu.

— Parce que, avec lui, explique t'elle, y a de grande chance que NOUS, nous puissions, revenir à la maison.

— Ton BOUH-merang ne revient pas mais nous par contre, nous pourrons revenir à la maison sain et sauf, répète son frère qui cherche à comprendre. Mais c'est stupide ton affaire !

— Tu veux t'excuser tout de suite ou tu veux attendre que nous soyons entourés de monstres, lui demande-t-elle d'un air espiègle.

Jean-Christophe bégaie un peu, cherche ses mots et puis s'excuse encore une fois.

— Fais-moi penser de tourner ma langue sept fois avant de lui parler à cette folle la prochaine fois, te chuchote t'il à l'oreille.

Autour de vous un silence lugubre règne. À l'intérieur de l'enceinte du zoo, c'est tout le contraire. Un étrange tumulte s'échappe : des cris, des grognements des hurlements. Il n'y a plus de doute, le zèbre-zombie n'est plus seul derrière la muraille.

Partez tous les trois vers le chapitre 4 afin de choisir par où vous allez entrer.

58

Passe ton bras entre deux barreaux et attrape une branche cassée par terre. Ensuite, insere-la dans le trou de la serrure et étudie bien le mécanisme.

Si tu crois que pour ouvrir la porte de cage tu devrais tourner la branche vers la gauche, rends-toi au chapitre 37.

Si tu penses, par contre, que tu devrais la tourner vers la droite, va au chapitre 83.

Tu essaies de te déplacer vers les deux grilles mais tu avances péniblement. Tes deux pieds sont énormément lourds. Chaque enjambée te demande mille efforts. Qu'est-ce qui se passe ! Tu baisses la tête. Est-ce de la boue ? NON ! se sont des centaines de vers frétillants qui se sont accrochés à tes espadrilles, BOUARK ! QUELLE HORREUR ! Tu sautes sur place pour t'en débarrasser ?

Pas très loin derrière le rhinocéros qui arrive toujours vers vous, abat un arbre qui se trouvait dans son chemin, BRAAAAAAK ! Quelle force brute ! Il va falloir vous dépêcher si vous ne voulez pas subir le même sort. Ton cœur bat au rythme des pas lourd de l'animal. POUM ! POUM ! POUM !

Tu avances vers les grilles. Tes mains effleurent la serrure, malgré quelles soient très vieilles, les grilles semblent encore très solides. Sont-elles verrouillées ? Pour le savoir…

… TOURNE LES PAGES DU DESTIN.

Si elle s'ouvre, SUPER ! Allez vite au chapitre 72.
Si la malchance est de votre côté, et quelles sont verrouillées. Rendez-vous au chapitre 3.

Il y avait une chose que ton grand-père te disait souvent : mon enfant, si jamais tu voies la terre au loin, c'est que t'as plus les deux pieds dessus.

Sans hésiter, vous vous engager jusqu'à l'extrémité du couloir où vous trouvez une grande pièce remplies de vêtements et de masques. Est-ce le dépôt de costumes d'une salle de théâtre galactique ? Tu t'approches et sur un cintre tu découvres le costume du vieux monsieur que vous poursuiviez tantôt. C'est plus fort que toi, tu touches les vêtements et constates qu'ils ne sont pas en tissu, mais composés d'un latex très élastique. Sur un autre cintre Marjorie a trouvé le costume de madame Kruger, ton prof de troisième. Jean-Christophe lui a déniché celui de Maximilien, le policier. Mais à quoi rime toute cette histoire. À quel sombre projet vont servir tous ces costumes de gens que vous connaissez ?

SHHHHHHHH ! Deux portes s'ouvrent et cinq extra terrestres, des Kzarriens, vous entourent, armes dangereuses entre leurs pattes d'insectes.

— ZAAFOUF ! hurle l'un d'eux aux quatre autres. ZIBRA LITOUT LAA POTTE…

Traduction : Voici les trois derniers costumes qu'il nous manquait pour procéder à invasion de la planète bleue. Emmenez-les à la fabrique de costumes, ils seront remaniés, transformés et… CAOUTCHOUTÉS

LA FIN

Autour de vous les arbres sont nus. Sur les branches de l'un d'eux, des centaines de chauves-souris attendent, tête en bas. Vous ralentissez pour les contourner. Pourquoi prendre des risques, il s'agit peut être de chauves-souris vampire assoiffées de sang. Et du sang, vous en transportez des litres. Vous marchez à reculons les yeux rivés à l'arbre. OUF ! C'est une chance que vous les ayez aperçu.

Au loin la grande roue se dessine dans le ciel. Elle est vraiment haute. En marchant vers elle tu te demandes si cette vieille affaire marche encore. Tu l'espères sinon vous allez être obliger de vous taper l'ascension de sa structure jusqu'à sa cime.

Vous vous approchez d'elle. Arrivé à sa base, vous pénétrez tous les trois dans une petite cabane où se trouve le tableau de commande de l'opérateur, éteint, évidement. Tu appuies sur le gros bouton rouge pour mettre la grande roue en marche, rien. C'est comme s'il était complètement privé d'énergie. Derrière la console, plusieurs fils électriques sont déconnectés. Suffit peut-être seulement de reconnecter ?

Rends-toi au chapitre 91.

Il faut faire quelque chose si vous ne voulez pas finir... DANS LE FOND D'UN TIRROIR !

Tu balances ton corps de gauche à droite. Le fauteuil bascule sur deux pattes et tombe sur le tapis crasseux. **KLOMP ! CRAC !** Un des bras c'est cassé. Libre tu te relève vite et recule. Le fauteuil blessé pousse hurlement de douleur qui glace le sang. OUUUAAARG !

Tu te lances au secours de tes amis qui cernés dans un coin vont se faire croquer par le buffet à la bouche piquée de clous.

Vite *au chapitre 24.*

63

Aucun doute, vous avez réussi à échapper à ce félin ressuscité car il n'est plus derrière vous. Mais où donc vous a conduit votre course frénétique. Autour de vous il y plusieurs cages ouvertes. Certaines ont des barreaux qui ont été arrachés. Les animaux qui habitaient ces cages se sont sans doute échappés et maintenant, ils courent librement dans l'enceinte du zoo, il faut être sur vos gardes…

Dans ce coin ci du zoo, la végétation laissée à elle même pendant des années, c'est étendu partout. La lune réussie difficilement à percer l'épais feuillage des arbres. C'est étrange de constater à quel point les arbres sinueux sont grands. Il y a peine quelques années que le zoo est fermé et ces arbres semblent centenaires. Ils ont profité d'une croissance anormalement rapide. C'est comme s'il avait été traité avec un super-engrais au résultat super-rapide…

Devant vous s'étendent des centaines de mètres d'une forêt marécageuse. Difficile à croire qu'ont peut trouver autant d'arbres dans un endroit aussi restreint que le zoo. Vu de l'extérieur, le zoo ne paraît pas aussi grand. C'est comme si tu pénétrais dans une autre dimension…

Marche vers le chapitre 94.

Ici, il m'est impossible d'écrire tout ce que Jean-Christophe crie à sa sœur Marjorie. Bon ! Disons, qu'il lui crie des bêtises et qu'elle fini par ouvrir les yeux, voilà !

Marjorie tourne la tête et cherche la falaise. Il fait tellement noir qu'elle doit se servir de sa longue-vue à vision nocturne. En regardant bien, avec beaucoup de contrôle et de volonté, elle réussi à apercevoir les parois rocheuses de la falaise. Elle vous indique la direction en pointant avec sa longue. Au pied du manège, tu lèves ton pouce en l'air pour lui signifier que tu as bien compris.

Marjorie se rassoit dans la nacelle et attend bien patiemment. De longues secondes s'écoulent et la roue demeure immobile. Elle penche la tête en bas pour voir ce qui se passe.

Avec Jean-Christophe, tu entretiens une discussion. En fait, tu te chamailles avec lui pour savoir qui appuiera sur le bouton rouge pour ramener Marjorie au sol. Non, mais êtes vous les Bébés de l'horreur ou le Téméraires de l'horreur ?

POIL DE LOUP-GAROU ! Appuie sur le bouton et retournez au chapitre 4 afin de vous diriger vers la falaise...

Un gorille à l'aspect sombre et cruel se tient à l'entrée de la caverne.

— QUI A PARLER ? OÙ ÊTES-VOUS ! Demande Marjorie avec insistance.

— C'est moi et mon nom est Zach, répond le gorille, à votre grand étonnement. Que faites vous ici ? Vous êtes de simple curieux venu visiter le Zoorreur ou vous êtes venu nous aider ?

— VOUS AIDER ! explique Jean-Christophe. Nous sommes les Téméraires. Il se passe des choses pas très normales dans ce zoo, genre gorille qui parle et nous allons découvrir quoi.

— Ouais ! Par quel sombre sortilège avez-vous acquis le don de la parole ? demandes-tu à ton tour. Les animaux ne parlent pas, enfin, pas notre langue…

— S'il y a, ici, des animaux qui volent comme des oiseaux et qui possèdent trois têtes au lieu d'une, ce n'est pas du tout le résultat d'une malédiction ou d'un ensorcellement, vous explique le gorille. Des créatures venues d'ailleurs pratiques d'horribles expériences sur nous depuis des années, vous apprend-t-il. Si vous voulez vraiment nous aider, je vous conseille de visiter les manèges du zoo en premier.

Allez au chapitre 55.

66

Tu montes les quelques marches et tu entres chez toi. Ta mère folle de joie te saute au cou.

— OÙ ÉTAIS-TU ! balbutie-t-elle la gorge serrée par l'émotion. Nous t'avons cherché partout. Nous étions si inquiets.

Ton père décroche le combiné et annonce aux policiers la bonne nouvelle : TU ES RENTRÉ À LA MAISON !

Quatre autos patrouilles, gyrophares clignotants, arrivent dans les secondes qui suivent. Les enquêteurs ne prennent même pas le temps de sonner à votre porte, ils entrent et avec calepin en main, ils te martèlent de question : Qu'est-ce qui c'est passé ? As-tu été kidnappé ? Si oui par qui ? Où sont tes amis Marjorie et Jean-Christophe ? Ont-ils réussis à fuir eu aussi ?

Ta tête tourne et te fait horriblement mal. Tu ouvres la bouche mais pas un seul son ne sort. D'entre tes lèvres, un long filet de bave coule jusqu'au plancher. Le regard perdu, tu regardes les policiers comme s'ils n'étaient pas devant toi. Dans ta tête, y a comme… UN VIDE ! Oui un vide. En fait, il te manque une partie du cerveau. Un petit souvenir que les extra terrestre ont conservés avant de repartir chez eux…

FIN

QUELLE ERREUR DE JUGEMENT ? Aussitôt LE MAUVAIS FIL CONNECTÉ, toutes les lumières clignotent et la grande roue s'illumine. Vous croyez avoir réussi ? Non ! Car elle se met à tourner et tourner de plus en plus vite. Tu essaies de l'arrêter en pressant sur tous les boutons, mais tu n'obtiens pas de résultat.

Un bruit inquiétant survient **CRIIINK !** Et l'essieu quitte ses amarres. La grande roue roule par-dessus la muraille du zoo et va écraser quelques voitures stationnées sur la rue Pasdebonsang. Vous la suivez en courant pour constater l'ampleur des dégâts qu'elle va encore causer. Tu fermes les yeux lorsqu'elle réduit en pièces toutes les clôtures de votre quartier et abat plusieurs arbres. Tu te tiens la tête entre les deux mains en pensant à tout ce que vous devrez rembourser toi et tes amis.

Tout au bout de la rue Latrouille, tu soupires en la voyant ralentir. Tu te dis qu'enfin, le massacre est terminé, mais il n'en est rien. Un coup de vent la fait pivoter et la pousse vers la pente abrupte de la rue Poildeloup…

… au chapitre 8.

Pas de chance, ce n'est pas le chapitre du passage secret…

Le gorille-serpent revient vers votre cellule et ouvre la porte. Instinctivement, tu portes tes deux mains par-dessus ta tête parce que tu te doutes que la suite va être **TOC** ! Un coup de massue sur la caboche mais il n'en est rien. Avec une courbette grotesque, il vous invite à vous joindre à lui pour le repas.

Intrigué par ce dénouement inattendu, vous prenez place autour d'une table de bois. Le gorille-serpent vous sert trois grands bols de vous-ne-savez-pas-quoi car dans ce ragoût bizarre, il y a des trucs qui bouge, qui gigote et même quelquefois… QUI TE REGARDE !

Pour ne pas attirer la foudre de votre hôte, tu piques avec ta fourchette le petit morceau le moins dégoûtant. A peine as-tu avalé cette bouché que tu te rends compte que le gorille t'a fait manger quelque chose d'une qualité plutôt douteuse ou qui contenait des ingrédients passés date. Tout se met à tourbillonner autour de toi. Le monstre, Marjorie et Jean-Christophe deviennent les formes et les couleurs d'un kaléidoscope qui tourne de plus en plus vite devant tes yeux. Puis, comme si quelqu'un venait d'éteindre toutes les lumières du monde, tout devient noir…

Tu reprends conscience au chapitre 92.

Examine bien cette illustration.

Si tu crois que la voie est libre, ouvre la porte et sortez de la cage par le chapitre 7.

Si, par contre, tu penses qu'il y une tarentule qui se cache parmi ce décor lugubre, rends-toi au chapitre 18.

70

Autour de vous, une lumière vive vous aveugle et l'image vacillante des gardes Kzarriens disparaît. Vous vous êtes fait berner, ceux-là n'étaient que d'inoffensifs, mais très convaincants hologrammes.

Marjorie tient à deux mains la patte du docteur extra terrestre qui lui cependant est bien réel. Il approche dangereusement du cou de ton amie son scalpel laser. Tu t'élances sans réfléchir. Le Kzarrien réussit avec ses cinq autres pattes à te tenir loin de ton amie. Tu essaies à nouveau et il t'éloigne encore. Comment venir à bout d'un monstre qui a six pattes ?

Dans son coin, Jean-Christophe reprend lentement conscience, ça va prendre encore quelques minutes avant qu'il puisse t'aider et ces quelques minutes, tu ne les as pas. Autour de toi, il n'y a pas de pistolet-désintégrateur ou d'arme de ce genre qui pourrait t'aider.

Tu t'approches d'une console. C'est le temps de montrer ton talent au clavier. Tu ne comprends pas les petits signes inscrits sur les touches mais au hasard, tu pitonnes quant même. COUP DE VEINE ! À la place des caractères bizarres, le a, le b, le c ainsi que toutes les autres lettres de l'alphabet prennent leur place sur chacune des touches. Tu ne sais pas ce que tu as fait mais maintenant… Tout est en français, même à l'écran.

Tu fais craquer tes doigts, et tu passes à l'attaque au chapitre 42.

71

VRRRRR ! VRRRRRRR ! L'ogre coure derrière vous, tranchant avec sa tronçonneuse meurtrière les meubles et les objets qui se trouvent sur son chemin. Des pièces de bois jonchent partout le sol de la grotte. Vous courrez comme quelqu'un qui n'a plus rien à perdre dans un dédale de tunnels. Votre course folle vous amène dans une galerie sombre dans laquelle volent des chauves-souris. **HRUI ! HRUI !**

Tu croyais que l'ogre avait perdu votre trace mais les échos de la tronçonneuse **VRR ! VRRRR !** te confirme le contraire. La fatigue se fait sentir. Y a pas moyen de s'éloigner de ce monstre fou, il connaît cet endroit comme le fond de son estomac. Après tout, c'est son domaine.

Devant vous, il y a un étroit tunnel en pente. Dans celui là, l'ogre ne pourra pas vous poursuivre, il est bien trop gros. Allez-vous avoir le temps de vous y rendre car il est sur vos talons ? Réussira-t-il à vous attraper ? Pour le savoir…

… TOURNE LES PAGES DU DESTIN.

S'il vous a attrapé, allez au chapitre 53.

Si, par contre, petits veinards, vous avez réussi à vous enfuir. Rendez-vous au chapitre 101.

72

Les grandes grilles s'ouvrent en grinçant lugubrement. **CRIIIIIIII !**

— HOLÀ ! hurle timidement Marjorie. Il y a quelqu'un.

Jean-Christophe donne une petite tape sur la tête de sa sœur.

— Mais qu'est-ce que tu fais ? la gronde-t-il. La dernière chose que nous avons de besoin c'est d'avertir tout le monde que nous sommes ici.

Vous entrez tous les trois et refermez les grilles. Le rhinocéros arrive en trombe et s'arrête juste devant la serrure. Vous vous regardez tous les trois surpris que l'animal n'ait pas carrément foncé dans les grilles. Il se serait assommé sans doute mais il ne l'a pas fait. Pourquoi ? C'est comme s'il le savait.

En sécurité de l'autre côté de la grille, tu le regardes. Tu perçois dans ses yeux, une étincelle. Soudain, avec le bout de sa défense, le rhinocéros pousse lentement le loquet métallique. À la vitesse de l'éclair tu réagis vite et tu verrouilles la grille de ton côté. **CHLIC !** Le rhinocéros barrit et fait trembler le sol puis disparaît en marchant lentement.

C'est loin d'être un comportement normal ça. C'est comme s'il était doté d'une certaine intelligence…

Allez au chapitre 34.

73

Vous vous retrouvez tous les trois dans l'eau jusqu'au cou. Quel est cet endroit ? Les murs sont recouverts de tuile céramique turquoise. Vous n'êtes plus dans le château, ça, vous le constatez, mais où êtes vous. Vous nagez lentement où le tunnel s'élargis. L'écho des clapotis de l'eau fait une jolie musique. C'est une des anciennes stations du métro de la ville qui a été fermé à la suite d'un bris de grosse canalisation d'eau qui n'a jamais été réparée.

Marjorie aperçoit une rame de métro abandonnée. Vous vous approchez du quai afin de sortir de la flotte. Ensemble vous réussissez à ouvrir la porte latérale de la voiture de tête. Une odeur de corps oublié vous saute au visage. Sur un siège, un passager mort depuis longtemps semble encore attendre d'arriver à destination. Il porte une casquette bleue et un uniforme. Sur sa poitrine, un petit écusson brodé or dit : Zoo de Sombreville. C'EST UN DES GARDIENS DU ZOO !

Tu ne sais pas pourquoi mais tu te sens soudain attiré par sa boîte à lunch rouillée qu'il tient toujours entre ses mains osseuses ? Tu l'ouvres et découvre à l'intérieur qu'un bout de papier sur lequel il est écrit : CHAPITRE TRENTE-HUIT.

Tu possèdes maintenant le fameux mot de passe pour te rendre à ce curieux bâtiment dans le zoo qui t'était inaccessible au début de ton aventure.

Lentement tu saisis le bout de papier troué. Il y a des choses écrites dessus. C'est une écriture assez grossière, comme celle d'un élève qui apprend à écrire. Le rhinocéros recule et s'éloigne. Jean-Christophe et Marjorie eux s'approchent de toi.

Mes amis, mon nom est Zach. Je suis un gorille. Je sais que vous allez vous dire qu'un animal qui possède une telle intelligence, ça ne se peut pas, mais si vous venez à ma rencontre, je vous expliquerai tout. J'habite au fond des grottes de la falaise du zoo.

Aidez-nous ! Je vous en prie...

Zach

Même si tu te doute qu'il s'agit d'un piège, toi tu adores le zoo et les animaux et c'est pour cela que tu vas aller jusqu'au fond de cette histoire au chapitre 33.

75

Avec tes amis tu te retrouves dans une vieille cage de métal rouillé. Il faut que vous sortiez de là avant que l'heure du repas arrive ! Autour de toi les barreaux tordus ne semblent pas très solides. Il y a des traces de griffes et de couteaux. Ouais ! Vous n'êtes pas les premiers que ces tarentules géantes emprisonnent ici, dans cette cage. Il y a eu avant vous des animaux, ça, c'est certain. et même d'autres personnes comme vous, à qui on leur a réservés une mort atroce.

Tu secoues les barreaux un après l'autre. Il faudrait encore quelques semaines dans ce lieu humide pour que l'un d'eux cède et vous ouvre la voie vers la liberté et ça tu ne les as pas. Tu n'as que quelques minutes avant que reviennent les tarentules et que sonne pour vous… L'HEURE DE LA MORT !

Tu examines la serrure. Le trou pour mettre la clé est très grand, avec une branche et un peu de talent, tu pourrais certainement réussir à déverrouiller la porte de la cage. Tu colles ton œil au trou de la serrure et tu aperçois le mécanisme. Ouais ! Ça c'est certain. Si tu réussis à tourner le mécanisme dans le bon sens… LA PORTE VA S'OUVRIR !

Examine le mécanisme au chapitre 58.

76

Des jours et des nuits sont passés depuis que par une nuit de pleine lune tu as rendu une petite visite à la clinique du Docteur Weird. Non ! Personne ne t'as revu depuis sauf tes deux amis Marjorie et Jean-Christophe à qui tu as fais jurer de ne pas raconter un traître mot sur cette nuit effroyable lors de laquelle tu as bu ce drôle de breuvage rose lumineux. Ce médicament sinistre qui t'a transformé… EN MONSTRE BOUTONNEUX DU MARAIS !

Isolé du monde, tu ne pourras jamais quitter ton domaine. Mais t'en fais pas, tes amis resteront tes amis pour la vie. Aussi dégoûtant que tu puisses paraître, ils te rendent tout de même une petite visite chaque soirs, au milieu de la forêt pour pas que tu t'ennuies.

Ils t'apporteront des tonnes de chips, de palettes de chocolat et des boissons gazeuses. Tous les trois, vous ferez la fête et des petites baignades dans le marais pendant lesquelles vous ferez des compétitions de pets sous l'eau… CELUI UI FAIT LA PLUS GROSSE BULLE GAGNE !

Ce secret, tes amis vont le préserver toute leur vie…

FIN

77

Vous ne pouvez pas perdre la boule tous les trois en même temps, il y a effectivement… DEUX LUNES DANS LE CIEL !

Vous observez muets et immobile ce phénomène. Est-ce une illusion d'optique ? Vous sortez tous les trois de la clinique. La deuxième lune s'éloigne lentement de la première. Vous sursauter lorsque vous vous apercevez qu'il ne s'agit pas d'un second astre lunaire mais d'un vaisseau spatial certainement venu d'ailleurs.

— NON ! ce n'est pas une navette américaine ce machin volant, s'exclame avec raison Jean-Christophe.

Sous l'astronef extra terrestre, trois petites portes coulissantes s'ouvrent et un train d'atterrissage apparaît. IL VA ATTERRIR !

Vous le suivez en courant dans les rues. Juste au-dessus du zoo, il s'arrête, et entame sa descente.

ZOOOUUUUUUUU !

— Voilà ce qui explique tout ! affirme Marjorie. On vient de nous livrer la réponse de cette énigme sur un plateau d'argent…

— SUR UNE SOUCOUPE D'ARGENT ! tu veux dire, la reprends-tu en te dirigeant d'un pas pressé…

… *vers le numéro 4.*

78

Tes amis te regardent incrédule. Tu observes chacun des arbres autour de toi. Rien qui bouge ! Probablement tes yeux qui t'ont joués un tour. Tu t'excuses et tu soulèves les épaules.

— Pardon ! dis-tu d'une petite voix. J'ai cru voir quelque chose.

Vous essayez de poursuivre votre route en essayant d'oublier cet incident. Plus loin, le petit sentier devient nettement plus étroit. Vous essayez de vous frayer un chemin mais vous avez peine à avancer c'est comme si les branches des arbres vous retenaient. Tu persistes et là les arbres te prennent carrément les bras et te t'arrêtent net.

WOAH !

Tu essaies de te dégager mais t'es pas cap. Un frisson parcourt tout ton corps lorsque tu aperçois Marjorie qui disparaît sous l'écorce d'un arbre. Tu inspires profondément question de pousser le plus fort un appel à l'aide. Mais tu ne peux plus crier car l'arbre maudit vient de foutre un tas de feuille dans ta bouche pour t'y empêcher…

Les arbres poussent vite par ici… PARCE QU'ILS SONT TRÈS BIEN NOURRIS !

FIN

79

Lentement, chaque molécule reprend sa place d'origine. À tes côtés, Jean-Christophe est là lui aussi ainsi que Marjorie qui se tripote le nez pour vérifier s'il est à la bonne place.

Où êtes vous ? Pas moyen de le savoir car vous êtes encerclé par une escouade d'êtres ressemblant vaguement à de gros insectes aux yeux globuleux certainement venus des fins fonds du cosmos, des Kzarriens. Ils vous menacent avec leur bâton à décharge électrique. Dans une langue qui vous est totalement inconnu, il vous intime l'ordre de les suivre. Enfin c'est plutôt parce que l'un d'eux portait son bâton sous ton nez que tu as compris ce qu'ils voulaient.

Dans une grande salle qui ressemble vaguement à un laboratoire, vous êtes accueillis par un vieux et étrange Kzarrien. Il porte un sarrau blanc taché de sang trois couleurs. Il a une lampe de poche sur la tête et entre ses griffes, un scalpel laser. OH LÀ LÀ ! Ce « Er doctor » galactique va, dans ce sinistre laboratoire, probablement te greffer la tête de Marjorie et les bras de Jean Christophe. Est-ce que ça te va ? PAS DU TOUT HEIN !

Allez au chapitre 27.

80

BAIGNADE INTERDITE ! C'est un alligator à trois yeux. Très dangereux et probablement affamé, il se met à sillonner la surface du fossé rempli d'eau. PERSONNE N'ENTRE ET PERSONNE NE SORT ! c'est ce qu'on va voir.

Vous partez à la recherche d'un objet assez long qui pourrait vous servir de passerelle. Tout près, vous trouvez un arbre mort, abattu par le temps. En conjuguant vos forces, vous réussissez à le soulever et à le positionner pour qu'il enjambe le fossé. Sans vérifier d'abord sa solidité, vous marchez tous les trois dessus comme des funambules. À mi-chemin, l'alligator mutant réussi à donner un solide coup de queux sur le tronc qui se met dangereusement à se balancer de gauche à droite.

Allez-vous réussir à atteindre l'autre extrémité sans tomber ? Pour le savoir, rappelle-toi du numéro de ce chapitre, ferme ton Passepeur et pose-le debout dans ta main.

Si tu réussis à faire trois pas devant toi en tenant le livre de cette façon en équilibre sans qu'il tombe, eh bien bravo vous avez réussi à vous rendre jusqu'à l'hôpital des animaux au chapitre 47.

Si par contre, le livre tombe avant que tu aies fais trois pas, vous chutez tous les trois dans l'eau au chapitre 16.

Vous poussez tous les trois sur la porte comme des for-
cenés. Rien à faire, la porte du passage secret est aussi
solide qu'un coffre-fort. Tu observes avec émotion le
crâne et les quelques ossements à tes pieds car tu sais que
c'est de cette façon que ça semble vouloir se terminer
pour toi et tes amis.

Sur ses roues qui grincent, le mur pourvus de pics
pointus poursuit sa route. Vous cherchez désespérément
une sortie. Une goutte d'eau glauque s'écrase sur ton nez.
Tu lèves la tête et pointe ta lampe le plafond. UNE
OUVERTURE ! Ouais ! tu as trouvé une sortie mais malheureusement votre seule chance de salut est hors d'at-
teinte car le plafond est beaucoup trop haut par ici.
Impossible d'escalader le mur, il est trop gluant et glissant. La courte échelle ? Pas question car il faudrait qu'un
de vous se sacrifie pour permettre aux deux autres de sortir.

— Il ne reste qu'une solution, dis-tu à tes amis qui
regardent terrifié les pics mortels. Ce mur qui veut notre
mort va nous aider, FAITES COMME MOI ! leur ordon-
nes-tu.

Le mur se rapproche de plus en plus et il n'est plus qu'à
quelques mètres. Tu attends le moment propice, et hop !
tu escamotes les pics pointus pour te ruer dans l'ouverture. Marjorie et Jean-Christophe t'imitent et vous sortez
tous les trois hors de ce couloir fatal.

BELLE MANOEUVRE ! Allez au chapitre 36.

Il est passé minuit et bien sûr la clinique est fermée. C'est une question de vie ou de mort, alors Jean-Christophe brise un des carreaux et vous entrer. Sur une étagère du bureau du docteur, il y a des bouteilles et des contenants…

Étudie bien les étiquettes et rends-toi au chapitre inscrit sous la bouteille ou le contenant que tu crois être un antipoison…

83

Tu tournes lentement la branche en espérant ne pas t'être trompé. **CHLIC ! CLIC !** C'est réussi. Marjorie emportée par la joie tape dans ses mains.

CLAC ! CLAC !

— Non ! la retient son frère Jean-Christophe. Tu veux alerter les tarentules ???

— La voie est libre, lui signale-t-elle. On peut pas attendre quelle reviennent de leur territoire de chasse. Il faut sortir d'ici, qu'est-ce que vous attendez ? ALLEZ !

— Du calme ! craches-tu en portant ta main devant elle pour l'arrêter.

Jean-Christophe s'approche lui aussi de la porte que tu n'ouvres pas. Pourquoi ! Parce que tu as comme le sentiment que les tarentules ont laissé une gardienne. À première vue il n'y a que des cages vides mais tu veux t'en assurer. C'est une bonne idée, mieux vaut prévenir… QUE PERIR !

La tête entre les barreaux tu examines autour de la cage et les environs au chapitre 69.

— Mais Maman ! la corriges-tu en lui présentant ta main à toi. C'est la main de Marjorie que tu as entre les tiennes…

Un médecin arrive et tente de tout t'expliquer :

— Des passants vous ont trouvé aux abords du vieux zoo de la ville inconscient. Tout d'abord les autorités ont d'abord pensée qu'il s'agissait d'une invasion extra terrestre, ils sont passés à un doigt de vous pulvériser aux lasers. Oui à un doigt car c'est la bague du championnat de basket-ball de Sombreville que porte Jean-Christophe à son doigt qui les a convaincu que vous étiez des humains. En fait j'veux dire que vous étiez du quartier.

— Dites docteur, demande d'une toute petite voix Marjorie. Tant pis pour les cicatrices, vous allez nous découper en morceau et nous recoudre et nous remonter comme il faut, dites ?

— Ce n'est pas si simple que ça, tente de vous expliquer le médecin. Cette méthode de chirurgie est très avancé, je doute même ne soit pas de ce monde. Vous devrez vivre avec…

QUELLE CATASTROPHE !

Ouais ! on peut dire que maintenant, vous êtes vraiment des amis inséparables. Des amis qui n'ont jamais été si près l'un de l'autre…

FIN

85

Par mesure de précaution, tu frottes une seconde allumette et tu l'approches de l'arbuste.

— Mais qu'est-ce que tu fais ? te demande Marjorie. C'est son petit, ne soit pas cruel…

— Je ne lui veut aucun mal, je veux tout simplement qu'il nous cède le passage, tentes-tu de lui expliqué en avançant vers l'arbre.

Jean-Christophe et Marjorie se place derrière toi, et tu avances avec, dans une main, l'allumette, et dans l'autre, l'innocent petit arbuste. Soudain, une brise s'élève et éteint facilement l'allumette. **FIOOOOUUU !**

Frénétique, tu en frottes une autre. Encore une fois, la brise balais la forêt et éteint encore ton allumette. Cinq fois encore ça se produit ! Bizarre ce vent qui se manifeste seulement chaque fois que tu grilles une allumette. Tu fouilles dans le carton et remarque que tu es, disont, à court d'arguments.

Tu souris d'une façon bien innocente à l'arbre et tu mets en terre le petit arbuste. À ta gauche un arbre gigantesque t'attrape par une jambe te soulève au-dessus de sa grande bouche de bois et d'écorce. C'est papa-arbre, celui qui soufflait tes allumettes…

FIN

86

Ton BOUH-merang se dirige en sifflant en plein sur le monstre qui très rapide s'enfuit en grondant. Vous marchez derrière lui afin de récupérer votre arme. Si un simple BOUH-merang comme celui ci peu venir à bout d'un tel monstre, mieux vaut l'avoir à ta ceinture.

Dans une clairière, il y un petit bâtiment ceinturé de colonne. La porte est entrouverte et des effluves nauséabonds s'y échappent. Ça ne vous dit rien qui vaille mais votre curiosité l'emporte sur votre dégoût. Vous descendez les marches qui s'enfoncent profondément sous la surface. C'est un cimetière souterrain : des catacombes. Sauf que dans les niches, il n'y a pas que des squelettes d'hommes mais aussi d'animaux. Il se passe des choses vraiment étranges et depuis fort longtemps, avant même que le zoo soit construit sur cet emplacement.

Devant, dans une cavité sculptée à même le roc, se trouvent les restes d'un squelette très bizarre. Ce n'est certes pas celui d'un homme et il y a de forte chance que ça ne soit pas non plus celui d'un animal. Qu'est-ce qui se passe ici ?

Il n'y a plus rien d'autre chose intéressante à découvrir dans cet ossuaire lugubre. Retourne au chapitre 4, et choisi une autre voie...

Devant vous, un sentier sinueux vous amène vers les manèges. Vous marchez sur vos gardes contournant crâne et ossements de toutes sortes. Au loin l'ombre lugubre de la grande roue se dessine dans le ciel. De petits nuages de brume sillonnent sa structure rouillée. Près des deux grandes portes fermées se trouve la petite guérite qui sert de billeterie. Éclairée par la luminescence de la pleine lune, vous pouvez encore y apercevoir un bras qui pend tenant toujours dans sa main osseuse... TROIS BILLETS POUR LES MANÈGES !

— Vous avez vu ! Montres-tu à tes amis. Trois billets et nous sommes trois. C'est une coïncidence vous croyez ?

— C'est jamais une coïncidence ce genre de truc, affirme Marjorie. Cet endroit morbide est habité par quelqu'un ou quelque chose qui nous attends en plus, j'en suis certaine, super certaine...

À pas mesurés, tu avances vers les portes. Alors que tu t'apprêtes à poser la main sur la poignée, un grognement caverneux arrête subitement ton geste.

GROOOOOUUUUUUWW !

VITE ! Retourne-toi vers le chapitre 28.

88

Tes doigts cèdent un après l'autre et tu chutes dans le vide. Tu gardes ton calme et tu te prépares pour l'impact avec le sol sachant bien que dans le fond, t'as pas grand chance de survivre. Dans quelques secondes, ton corps va heurter de gros cailloux en bas et ça, c'est très douloureux.

Tu fermes les yeux lorsque tes deux pieds frappes le sol. **CRAAAC !** Tu es tout étonné de voir que le sol s'est affaissé sous ton poids et que tu te retrouve dans l'eau jusqu'au cou dans le fort courant d'une rivière souterraine. Tu te laisses entraîné ainsi de longues minutes, enchanté d'être encore ne vie. Autour de toi, la belle eau bleue tourne au vert et des rats morts flottent un peu partout. AH NON ! Tu te retrouves maintenant dans les égouts sales de Sombreville.

Tu essaies de nager en amont mais tu ne peux pas. Tu restes comme ça des heures à te laisser emmener où bon va ce flux d'eau sale et pleine de maladies comme un bateau à la dérive.

De curieux petits boutons verts apparaissent sur ton nez et deviennent ensuite des pustules immondes. Ton oreille droite déménage jusqu'à ta joue et tes yeux deviennent tout blanc. Un autre monstre vient d'arriver à Sombreville…

FIN

89

En soulevant la bouteille pour boire une bonne rasade du médicament du Docteur Weird, tu aperçois DEUX lunes rondes et blanches dans le ciel. Tu voies double maintenant ? Tu t'arrêtes et tu te frottes les yeux. Tu regardes à nouveau et constates qu'il y a effectivement deux lunes.

Ça doit être les effets de l'empoisonnement. Tu bois tout de suite le médicament. Tu sens rapidement la douleur disparaître.

— AAAH ! je me sens mieux, soupires-tu à tes amis qui te sourient. Vous n'allez pas me croire, mais il y quelques secondes, je voyais deux lunes dans le ciel.

— T'en fais plus pour ça, te réconforte Marjorie. Tantôt tu délirais, essaie t-elle de te rassurer en poussant les rideaux suspendus à la fenêtre. Il n'y a toujours eu qu'une seule lune et il n'y en aura toujours qu'une seule, regarde.

Vous vous tournez tous les trois pour regarder dehors. Vos yeux s'agrandissent d'étonnement lorsque vous apercevez ensemble, dehors, bien haut dans le ciel… DEUX LUNES !

Allez au chapitre 77.

90

Tu aimerais bien que ta mère vienne te sortir de ce cauchemar avec un bon petit déjeuner, mais malheureusement, il n'en sera rien… T'ES OBLIGÉ DE JOUER AU DOCTEUR FRANKENSTEIN !

Pendant que l'ogre prend place sur la table d'opération, vous enfiler, tous les trois des tenus de chirurgien macabre et vous vous mettez au travail. Marjorie a réussi à dénicher, sur une étagère poussiéreuse, le *grand livre des opérations expérimentales monstrueuses…*

À la page 873 du lourd volume, le paragraphe 4 traite du replacement des organes et des membres amputés, OUACHES ! Il y même des photos… Assisté de Jean-Christophe, tu exécutes l'opération pendant que Marjorie lit et te donne méthodiquement les étapes de la procédure. Tu enlèves, tu coupes, tu branches et tu couds avec une minutie que tu t'ignorais. Talent caché où empressement d'en finir ? Enfin c'est le résultat qui compte, l'ogre est heureux.

L'ogre apprécie ce que vous venez de faire pour lui et pour vous remercier, il pointe avec l'index de sa main revenue, un endroit sur la carte du zoo affichée sur un babillard. C'est l'endroit exact où vous devriez allez pour terminer cette aventure… LES MANÈGES ! Tu voies, cette dégoûtante opération aura tout de même valu la peine d'être exécutée

Retournez au chapitre 4.

Oh là là ! Quel fouillis ! Les fils sont tous mêlés.

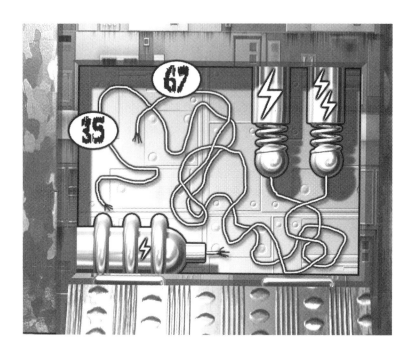

ATTENTION ! Brancher le mauvais fil pourrait causer un survoltage. Rends-toi au chapitre inscrit sur le fil que tu veux brancher.

92

Tu ouvres lentement les yeux. Autour de toi tout est blanc. Est-ce le paradis ? Quelqu'un approche de toi et ce n'est pas St-Pierre, c'est ton père. Donc, t'es pas rendu au ciel, t'es toujours en vie. OUF !

Pourquoi tout est blanc alors ? Ah ! C'est un hôpital. UN HÔPITAL !

Voyant que tu as repris conscience, tout le monde s'approche : ta mère, les parents de Marjorie et Jean-Christophe. Mais eux, qu'est-ce qu'il font ici, dans ta chambre ?

— Bonjours papa ! s'exclame Marjorie à un centimètre de ton oreille droite.

— AIE ! Hurles-tu. Attention à mon tympan.

— Allo Maman ! Dit Jean-Christophe à la même distance mais à l'oreille gauche.

Tu te sens vraiment bizarre. MAIS QU'EST-CE QUI SE PASSE ICI ! Sur tes épaules, ont été greffés la tête de tes amis. Bouche-bée, tu soulèves rapidement la couverture et constates que tu as non seulement trois tête, mais six jambes et six bras. Paralysé par l'émotion, tu demeures immobile. Ta mère s'approche et prend une des mains entre les siennes pour te réconforter.

Rends-toi au chapitre 84.

93

Des bruits parviennent de derrière vous. Vous jugez prudent de poursuivre votre route couverte par la végétation. Il fait sombre. Parmi les arbres, tu parviens à en remarquer un aux formes particulières. Celui-là, tu jurerais l'avoir vu plutôt. Avez-vous tournez en rond dans cette forêt ? Êtes vous revenu à votre point de départ sans vous en rendent compte ?

Tu poursuis ta marche sans en parler à tes amis. À quelques mètres plus loin, tu arrives face à face avec le même arbre. Là t'es certain, tu as marché bien droit pour t'assurer de ne pas tourner en rond inutilement. Tu te retournes vers tes deux amis pour leur annoncer qu'il y quelque chose de très étrange qui se passe dans cette forêt. Au moment où tu veux ouvrir la bouche, les deux branches de l'arbre gigantesque s'enroulent autour de ta taille et te soulèvent.

L'étreinte de l'arbre-étrangleur se fait de plus en plus forte. Tu luttes pour te dégager mais c'est inutile. Tu essaies de hurler mais tu as peine à respirer.

Finir en engrais pour les arbres… QUELLE HONTE !

Un sentier s'enfonce en plein cœur de la forêt. Ensemble vous décidez de l'emprunter. Plus loin, vous vous retrouver vite entouré d'arbre et de palmiers aux formes assez lugubres. Leurs branches pendent comme des bras prêts à vous saisir…

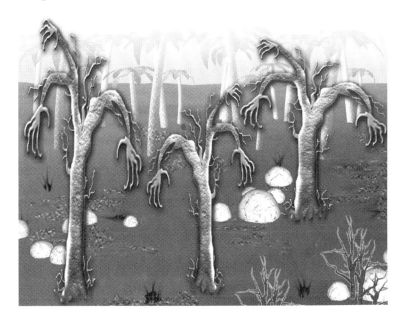

Allez au chapitre 48.

Ton BOUH-merang tournoie dans les airs et va casser un des quatre piétements du buffet, CHRAAC ! Le gros meuble monstrueux défonce la porte et s'éloigne en boitant. D'un seul coup tu viens de régler deux problèmes, SUPER !

Tu ramasses le BOUH-merang et tu l'embrasses avant de le remettre à ta ceinture. Sur la pointe des pieds vous avancez vers le seuil de la porte. Tu sors la tête. Rien en vue, il n'y a qu'un long passage bordé de vieilles peintures. Sans savoir pourquoi, tu enlèves les toiles d'araignées et tu examines un des tableaux. Rien de spécial, c'est une belle scène champêtre sur une colline il y a un cheval à deux têtes... À DEUX TÊTES !

Jean-Christophe passe à la toile suivante.

— Sur celle-ci, il y a un écureuil avec une tête de corbeau, te dit-il le visage en grimace. C'est monstrueux !

Vous avancez, et chaque tableau vous révèle une scène tout aussi horrible les unes que les autres.

Tout au fond du passage se trouve une dernière, mais très grande peinture. D'où vous êtes vous pouvez voir que sur ce tableau, il ne s'agit pas d'un animal, mais de quelque chose d'autre.

Allez voir au chapitre 32.

Juste sous les trois nez du Kzarrien, apparaît l'image clignotante de Thomas, il a l'air plus vrai que nature. Reste à espérez que tout se passe comme prévu.

L'extra terrestre cesse de se bagarrer avec Marjorie. L'image du gros Thomas se met à danser le rap comme il l'avait fait à la fête à la tombola annuelle de l'école. Effrayé, l'extra terrestre laisse tomber son scalpel laser et recule. ÇA MARCHE !

Tu appuies sur une autre touche et un second Thomas dansant apparaît derrière l'extra terrestre qui apeuré sursaute. Tu appuies encore et encore, plusieurs Thomas se matérialisent autour du Kzarrien. L'extra terrestre devient hystérique et coure vers la porte d'une nacelle d'urgence. La porte métallique boulonnée se referme **BLAM** ! et dans un grondement terrible **BBRRRRRRRRRR** ! Il procède à la mise à feu de son astronef et file dans l'espace.

— VOILÀ ! t'exclames-tu fier de toi. Ça lui apprendra à vouloir venir envahir notre belle planète bleue.

Épuisée par la bagarre, Marjorie est toujours couchée sur la table d'opération.

Tu te diriges vers elles au chapitre 31.

97

— TON ALLUMETTE EST TROP PETITE ! te crie Marjorie. FAIS QUELQUE CHOSE !

Tout en gardant ton regard figé en direction de l'arbre, tu t'accroupis et tu arraches un petit arbuste pour y mettre le feu. De cette façon, les flammes seront beaucoup plus grosses, ce qui aura pour effet, à coup sûr, d'effrayer l'arbre qui aura peur d'être transformé lui aussi en tas de fusain.

Avant que tu puisses t'exécuter, l'arbre recule et baisse ses branches en signe de soumission. Comment a t-il pu deviné tes intentions ? En cherchant à comprendre, tu regardes le petit arbuste dans ta main… QUI PLEURNICHE !

Cet arbuste est une de ses petits, il ne veut pas que nous lui fassions le moindre mal. OUILLE ! L'allumette te brûle le bout des doigts. Tu la jettes par terre et tu l'écrases avec ton pied. Devant toi l'arbre est toujours immobile.

Si tu veux allumer une autre allumette pour te protéger, rends-toi au chapitre 85.

Si tu préfères remettre les racines du petit arbuste dans le sol, va au chapitre 43.

Pour le savoir, il suffisait de regarder à tes pieds car à quelques centimètres de toi vient d'apparaître du sol… UNE PATTE POILUE !

Tu voudrais reculer, mais tes comme paralysé par cet animal mort qui lentement revient à la vie. Fasciné par le terrifiant spectacle, tu restes planté là, jusqu'à ce que la tête à moitié décharnée de l'animal émerge du sol mou et vaseux. Ses yeux vides te fixent. Ses quatre membres, l'un après l'autre se déposent sur la surface. L'animal, dans un ultime effort, tire le reste de sa carcasse hors de son tombeau. Tu ne peux pas dire s'il s'agit d'un tigre-zombie ou une panthère-morte-vivante, en tout cas, t'as pas le goût de jouer au gentil minou avec ce terrifiant félin…

Avec Marjorie, tu te diriges vers la brèche, pour sortir d'ici bien sûr. Le félin bondit vers vous vous. Va-t-il réussir à mettre ses dégoûtantes pattes pourries et dégoulinantes sur vous ? Pour le savoir…

… TOURNE LES PAGES DU DESTIN.

S'il vous attrape, bouchez-vous le nez, et allez vite au chapitre 12.

Si, par contre, vous réussissez à vous enfuir. Courrez vers le chapitre 63.

99

La balle n'est pas magique et ne c'est pas lever toute seule dans les airs. Avec ces lunettes XT, tu peux voir maintenant ce que ta vision normale ne te permettait pas de discerner… LE CHIEN DANS LA CAGE !

Oui ! Un beau gros toutou affectueux qui ne demande qu'à jouer avec toi. Tu soulèves sans hésiter la clenche de sa cage pour le libérer. Il saute avec ses deux lourdes pattes de devant sur ton torse et tu te ramasses vite sur le dos. BLAM ! Il passe sa grosse langue rugueuse sur ton visage.

— DU CALME LE FIDO INVISIBLE ! Lui cries-tu tout en essayant de lui résister.

Le chien obéissant se retire et s'assoit. Tu te relèves et tu souris à tes amis. Marjorie et Jean-Christophe ont le visage déformé par une expression de terreur. Sur ton front, y a maintenant un grand trou…

C'est étrange ! Il te manque un morceau de tête et tu ne souffres pas… T'as pas la moindre douleur.

POIL-DE-LOUP-GAROU ! L'invisibilité n'est pas le résultât d'une expérience mais une sorte de maladie qu'il vient de te transmettre car le trou c'est agrandit et la moitié de ta tête a disparu…

Vraiment pas beau à voir ! Vas au chapitre 103.

À peine avez vous faites quelques mètres que vous vous butez à un mur solide. C'est une impasse ! Non ! Derrière ce mur, il y a un passage caché car tu devines ses contours d'une porte. Sur elle, il y a des inscriptions qu'il faut décoder.

Étudie bien les signes étranges sur la porte, ils te révéleront le numéro du chapitre par lequel tu pourras te sortir d'ici. Si tu ne réussis pas à les déchiffrer, va au chapitre 81.

101

Tant bien que mal, vous réussissez à vous glisser à l'intérieur de tunnel. Une longue glissade dans la noirceur totale débute. Quelques secondes plus tard, un grognement creux résonne **GROOOOUUU !** et un grondement secoue tout le tunnel. Qu'est-ce que c'était que ça ? Un tunnel vivant ? Aussi, pourquoi allez-vous aussi vite, vous n'êtes pas dans une glissade d'eau…

Pris de panique, vous essayez de ralentir votre descente afin de ne pas vous écraser plus bas mais les parois sont gluantes et vous en êtes incapable. Autour de vous, vous sentez que le tunnel se tortille avec vous trois à l'intérieur. Ce n'est pas normal ça, même dans un endroit comme le Zoorreur. Impuissant, vous vous laissez glisser en essayant de limiter les dégâts. La longue glissade se termine dans une espèce de petite grotte visqueuse à demi rempli d'un liquide qui amorti votre chute. **PLOUCH !** Il fait trop noir, Marjorie allume sa lampe. OUACHE ! Que ça sent mauvais ! Et puis qu'est-ce que c'est ces os qui flottent ? Et ce liquide qui pue et qui commence à dissoudre vos vêtements, c'est quoi !

Un anaconda géant ! Avez-vous déjà vu cela… DE L'INTÉRIEUR !

MIAM ! MIAM ! Les Téméraires…

FAIM

102

La clé tourne parfaitement dans la serrure. Tu pousses un petit OUF ! Car qui sait ce qui serait arrivé si tu avais choisi l'autre.

Les yeux fermés, tu ouvres d'un coup sec les deux portes de l'armoire. Marjorie laisse échapper un petit cri de terreur AAAH ! et porte la main à sa bouche. Tu hésites un peu avant d'ouvrir les yeux et inspecter les flacons parce que dans ce genre de labo sinistre, tu ne sais jamais sur quelle horreur tu peux tomber.

Lentement, tu ouvres tout de même un œil parce que tu sais que tu ne peux pas rester comme ça éternellement. Ce n'est pas bien long avant que tu regrettes. Dans une série de grands bocaux placés haut dans l'armoire, se trouvent des têtes d'animal noyé dans un liquide. Les têtes sont agitées de soubresauts, C'est comme si cet étrange liquide toujours d'une couleur indéterminable, les tenait éternellement en vie. Ta tête tourne, par chance qu'il y a un courant d'air parce que tu tomberais dans les pommes.

Tu sondes le passage. Il semble conduire dans les pièces autrement inaccessibles du bâtiment. Avant de t'y introduire, tu regardes une dernière fois les têtes. C'est curieux, les yeux des animaux sont tous ouverts et te regardent. Pourtant tu jurerais que tantôt… ILS ÉTAIENT TOUS FERMÉS !

BRRRR ! Allez au chapitre 107.

103

Tu deviens de plus en plus transparent. Soudain, avant même que tu aies une quelconque réaction, deux portes coulissantes glissent et s'ouvrent tout au fond de la salle. Un vieil homme aux accoutrements particuliers franchi le seuil. Le dos courbé, il fait des arrêts devant chaque cage et vaporise l'intérieur avec un pistolet qui lance un jet de liquide bleu lumineux. Dans les cages, les animaux atteints par le liquide hurlent de douleur. Ils jappent, grognent, mugissent et beuglent.

Le vieil homme arrive dans votre direction. Derrière une colonne de ciment vous essayez de vous cacher mais il n'y a de la place que pour deux. Ça tombe à pic ! T'es presque complètement invisible, il ne reste que tes deux espadrilles. Tu croises les doigts en espérant qu'il ne te voit pas. Va-t-il t'apercevoir ? Pour le savoir…

TOURNE LES PAGES DU DESTIN.

S'il t'a aperçu, rends-toi au chapitre 17.
Si par chance, il n'a pas vu tes espadrilles. Va plutôt au chapitre 26.

C'EST RATÉ !

Non là, ça ne t'amuse plus de jouer les chasseurs de monstres et de fantômes, beaucoup trop dangereux. Si jamais tu sors en vie de cette aventure, tu te promets mener une vie tranquille de faire tes devoirs et tes leçons, d'écouter un peu de télé et… MAIS À QUI ESSAIES-TU DE FAIRE CROIRE UNE CHOSE AUSSI STUPIDE ? Tu es née pour l'aventure et le danger. Une boule de feu qui est sur le point de te carboniser, pour toi... C'EST ÇA L'AVENTURE ! Alors coure aussi vite que tu peux car cette dangereuse boule incandescente fonce sur toi.

Plus loin, une galerie vous mène droit vers un vortex lumineux. OK ! t'as déjà vu des trucs semblables dans les jeux vidéo, mais des « warp zone » comme ça, t'en as jamais vu dans la vraie vie, JAMAIS !

Derrière vous, la boule de feu arrive vite. DÉCISION ! DÉCISION ! Avoir le feu aux fesses ou être transporté dans un endroit totalement inconnu et sans doute très dangereux ?

BAH ! VIVE LE DANGER !

Allez au chapitre 56.

Vous palpez les murs et le sol à la recherche d'une sortie cachée. Il y en a une mais il vous faut décoder ces signes gravés dans la pierre que vous venez de découvrir. Vous parvenez à dépoussiérer le sol pour y voir tout le message complet.

Selon toi, le passage caché se trouve au chapitre 5 ou au chapitre 68 ? Étudie bien cette illustration et tu obtiendras la réponse...

106

Ton BOUH-merang quitte ta main, **SVOOUUUCHH !** et vole directement vers le gros meuble. Parfait ! tu vas le réduire en pièces. Avec les morceaux de bois vous pourrez faire un petit feu dans la cheminée. Cet endroit froid et macabre à besoin d'un peu de chaleur.

Mais tes projets de vie de château tombe vite à l'eau lorsque tu te rends compte que le BOUH-merang a raté sa cible et va se planter dans la porte.

CHTONK !

Tu as déjà vu ça un buffet démoniaque hurler de rage ? C'est vraiment pas beau à voir. Tu recules et vous vous mettez à trois pour tirer les tapis sous les quatre pieds du buffet qui tombe à la renverse. **BLAM !** La voie libre vous vous catapultez vers la porte qui affaibli par le BOUH-merang craque et cède sous votre assaut. Une course folle vous conduit jusqu'au donjon du château où vous êtes accueillis TIROIRS OUVERTS par tout le mobilier du château. Tu fermes les yeux et tu les ouvres quelques secondes après. Qu'est-ce qui se passe ? Vous êtes tous les trois bleus et vous flottez en l'air ??? Ouais bien désolé de te l'apprendre mais, je ne crois pas que vous ayez survécus.

107

Tous ces yeux qui te regardent, c'est très gênant et très effrayant. Tu ravales bruyamment ta salive, et fais un pas vers la gauche. Tous les yeux suivent ton geste. AYE ! Ils sont vivants. Où sont passé tous les corps de ces ani-morts. Pas en bas de cet escalier tu espères parce que ça, tu ne pourrais pas supporter.

Tu descends quelques marches. Ton regard vigilant ne cesse de scruter devant toi. Tout à fait en bas, vous parve-nez dans une grotte humide où se dresse une ombre géante. C'EST UN OGRE COUPE-TÊTE ! À la place d'une main, un cruel et sinistre chirurgien lui a greffé une tronçonneuse. **VRRRRR ! VRRRRRRRRR !**

Vous vous préparez à effectuer une sortie mais hélas, il bloque l'accès à l'escalier en appuyant sur un levier. **CHLONC !**

— Disons que nous devons garder la tête froide, sug-gère Marjorie. OUPS ! Pardon, fait-elle en réalisant ce qu'elle venait de dire. Nous ne devons pas perdre la tête, essaie-t-elle de se reprendre. DOUBLE OUPS ! Je sais que ce n'est pas le temps de faire des jeux de mots péni-bles mais enfin vous savez ce que je veux dire.

— TAIS-TOI ET COURE ! Lui cri son frère.

OUI ! Courrez jusqu'au chapitre 71.

108

Dans les méandres du château, vous retrouver rapidement votre chemin jusqu'à la surface où le soleil se lève. Dans leur enclos, quelques zèbres tout à fait normaux broutent l'herbe. Ils ont retrouvé leur apparence normale. Sans doute que vous avez détruit l'appareil qui les avait transformés en d'horribles animaux mutants.

Avec, roulé sous le bras, la preuve formelle que la vie sur les autres planètes existe, vous vous rendez tous les trois sur la colline où se trouve l'observatoire *Youououètesvous* consacré à la recherche de l'existence de vie sur d'autres planètes. Là, vous êtes accueillis par deux scientifiques surexcités par votre trouvaille qui la scrutent tout de suite à la loupe. L'un d'eux s'arrêtent près d'un coin déchiré de la toile où il est écrit : fabriqué à Taiwan… Son sourire disparaît !

Ah ! ils sont vraiment très rusé ces Kzarriens. Pour éviter que les autorités terrestres découvrent leur existence, ils ont vraiment tout prévu…

FÉLICITATIONS !
Tu as réussi à terminer…
Bienvenue au Zoorreur.

BIENVENUE AU ZOORREUR

Lions féroces à trois têtes, gorilles-cyclopes et girafes mutantes à cornes attendent ta visite dans ce zoo terrifiant où il est strictement interdit de NE PAS nourrir... LES ANIMONSTRES !

UN LIVRE PALPITANT QUI SE JOUE À LA FAÇON D'UN JEU VIDÉO...

Oui, ce livre n'est pas qu'un simple livre... C'EST TON AVENTURE ! Et dans ton aventure, c'est toi qui décides du déroulement de l'histoire. ATTENTION ! Ce livre contient aussi un jeu original qui pourrait transformer ton histoire en vrai cauchemar... LE JEU DES PAGES DU DESTIN !

Il y a 19 façons de finir cette aventure, mais seulement une finale te permet de vraiment terminer... *Bienvenue au Zoorreur.*

LIRA BIEN QUI LIRA LE DERNIER...

www.boomerangjeunesse.com
info@boomerangjeunesse.com

VOTRE PASSEPEUR

POUR UN HORRIBLE CAUCHEMAR

UN LIVRE QUI SE JOUE AVEC LES PAGES DU DESTIN

NO 19 — LE LABYRINTHE DU CYCLOPE

LE LABYRINTHE DU CYCLOPE

LE LABYRINTHE DU CYCLOPE

**Texte et illustrations
de
Richard Petit**

TOI!

Tu fais maintenant partie de la bande des
TÉMÉRAIRES DE L'HORREUR.

OUI ! Et c'est toi qui as le rôle principal dans ce livre où tu auras bien plus à faire que de tout simplement... LIRE. En effet, tu devras déterminer toi-même le dénouement de l'histoire en choisissant les numéros des chapitres suggérés afin, peut-être, d'éviter de basculer dans des pièges terribles ou de rencontrer des monstres horrifiants.

Aussi, au cours de ton aventure, lorsque tu feras face à certains dangers, tu auras à jouer au jeu des **PAGES DU DESTIN...** Par exemple, si dans ton aventure tu es poursuivi par une espèce de monstre dangereux et qu'il t'est demandé de TOURNER LES PAGES DU DESTIN afin de savoir si ce monstre va t'attraper, la première chose que tu dois tout de suite faire, c'est placer ton doigt tout tremblotant ou un signet à la page où tu es rendu pour ne pas perdre ta page, car tu auras à y revenir. Ensuite, SANS REGARDER, tu fais glisser ton pouce sur le côté de ton Passepeur en faisant tourner les feuilles rapidement pour finalement t'arrêter AU HASARD sur l'une d'elles.

Maintenant, regarde au bas de la page de droite. Il y a trois pictogrammes. Pour savoir si le monstre t'a attrapé, il n'y en a que deux qui te concernent,

celui de l'espadrille et celui de la main.

Pour le moment, tu ne t'occupes pas des autres. Ils te serviront dans d'autres situations. Je t'explique tout un peu plus loin.

Comme tu as peut-être remarqué, sur une page il y a une espadrille, et sur la suivante, il y a une main et ainsi de suite, jusqu'à la fin du livre. Si, par chance, en tournant les pages du destin, tu t'arrêtes au hasard sur le pictogramme de l'espadrille, eh bien bravo ! tu as réussi à t'enfuir. Là, retourne au chapitre où tu étais rendu. Il t'indiquera le numéro de l'autre chapitre où tu dois aller pour fuir le monstre. Si tu es le moindrement malchanceux et que tu t'arrêtes sur le pictogramme de la main, eh bien, le monstre t'a attrapé. Là encore, tu reviens au chapitre où tu étais, mais tu auras par contre à te rendre au chapitre indiqué où tu tomberas entre les griffes du monstre.

Lorsqu'on te demandera de TOURNER LES PAGES DU DESTIN, tu n'utiliseras, selon le cas, que les DEUX pictogrammes qui concernent l'événement. Voici les autres pictogrammes et leur signification...

Pour déterminer si une porte est verrouillée ou non :

 si tu tombes sur ce pictogramme-ci, cela signifie qu'elle est verrouillée ;

 si tu t'arrêtes sur celui-ci, cela signifie qu'elle est déverrouillée.

S'il y a un monstre qui regarde dans ta direction :

 ce pictogramme veut dire qu'il t'a vu ;

 celui-ci veut dire qu'il ne t'a pas vu.

En plus, pour te débarrasser des monstres que vous allez rencontrer tout au long de cette aventure, tu pour  ras utiliser une super cool zappette transformée en pistolet laser. Cependant, pour atteindre, avec cette arme, les monstres qui t'attaquent, tu auras à faire preuve d'une grande adresse au jeu des pages du destin. Comment ? C'est simple : regarde dans le bas des pages de gauche. Il y a une tête de cyclope, ta zappette modifiée et le faisceau lancé par ton arme.

La tête de cyclope représente toutes les créatures que tu vas rencontrer au cours de ton aventure. Plus tu t'approches du centre du livre et plus le faisceau se rapproche du monstre. Lorsque justement, dans ton aventure, tu fais face à une créature malfaisante et qu'il t'est demandé d'essayer de l'atteindre avec ta zappette pour l'éliminer, il te suffit de tourner rapidement les pages de ton Passepeur en essayant de t'arrêter juste au milieu du livre. Si tu réussis à t'arrêter sur une des cinq pages centrales du livre portant cette image,

eh bien, bravo ! Tu as visé juste et tu as réussi à atteindre de plein fouet la créature qui te cherchait querelle et de ce fait à t'en débarrasser. Tu n'as plus qu'à suivre les instructions au chapitre où tu étais selon que tu l'aies touchée ou non.

Ton aventure débute au chapitre 1. Et n'oublie pas : une seule finale te permet de terminer... *Le labyrinthe du cyclope.*

1

L'autobus traverse une partie de la ville qui semble complètement abandonnée. La plupart des commerces sont fermés et barricadés de planches. Les immeubles à appartements aux fenêtres brisées donnent un aspect très lugubre à l'endroit. Avec tes deux amis, Jean-Christophe et Marjorie, des Téméraires de l'horreur, tu commences à soupçonner que vous êtes montés... DANS LE MAUVAIS BUS !

À chacun des arrêts, des gens débarquent, et vous vous retrouvez vite seuls tous les trois. Vous roulez de longues minutes hors des limites de la ville. Ce bus ne va définitivement pas à la salle de cinéma Pop-corn, où vous deviez aller voir le film *Le zombie du lycée.*

Vingt kilomètres plus loin, le bus s'arrête enfin, et le conducteur à la bouche édentée tourne la tête et lance vers vous, d'une voix caverneuse :

« TERMINUS ! TOUT LE MONDE DESCEND ! »

Puis, il vous ouvre la porte, **SHHHHHHH** ! en vous souriant d'une façon plutôt méchante. Vous vous regardez tous les trois, anéantis. Vous n'avez plus le choix, vous devez débarquer ici... AU MILIEU DE NULLE PART !

Allez au chapitre 7.

2

Vous pénétrez avec appréhension à l'intérieur de ce labyrinthe complexe. Des bruits lointains parviennent jusqu'à vous. Tu es sur tes gardes, car n'importe quand, à chaque coin que vous tournez, vous pouvez arriver face à face avec une créature dangereuse.

Marjorie te tend sa fameuse zappette. Sa dernière bricole peut, selon elle, pulvériser un monstre. Bien entendu, si tu réussis à bien viser…

Devant vous, les couloirs interminables se succèdent. Par terre, tu remarques qu'il y a des pistes d'animaux vraiment curieuses.

Dans un coin, il y a un tas de paille. Une couchette, sans aucun doute. Cette section du labyrinthe est sûrement le repaire d'une quelconque bête.

Vous marchez tous les trois en regardant par terre. Soudain, tout près de toi, tu entends une respiration, très lourde, presque un grognement. Tu tournes la tête…

… au chapitre 62.

3

Jean-Christophe plonge la main dans sa poche pour en ressortir un briquet. Marjorie lui fait de gros yeux.

« Qu'est-ce que tu fais avec un briquet ? lui demande-t-elle sur un ton autoritaire. Est-ce que tu fumes en cachette ? Maman va le savoir, je vais le lui dire, je vais le lui dire…

— TAIS-TOI DONC ! lui crie-t-il. Ce briquet, je l'ai toujours sur moi, au cas où, justement, il faudrait que je fasse fondre une foutue porte de glace qui ne veut pas s'ouvrir… » finit-il de dire d'un seul trait.

Marjorie, qui ne le croit pas du tout, le regarde du coin de l'œil.

Jean-Christophe allume son briquet et promène la flamme le long de la serrure, qui fond rapidement. Au bout d'à peine quelques minutes, un grand trou se forme, dans lequel il glisse sa main pour soulever le loquet de glace qui tenait la porte verrouillée.

CLIIIC !

Vous l'ouvrez et franchissez son seuil au chapitre 55.

4

Rendez-vous au chapitre inscrit sur la partie de Cyclopeville que vous voulez explorer...

10

2

29

« Le-le mau-mauvais homme de neige, bafouilles-tu. Maintenant, il nous regarde. IL A BOUGÉ ! »

Vous vous tournez lentement tous les trois vers la pente pour foutre le camp à toute vitesse. Au moment où tu t'apprêtes à te jeter sur ton postérieur et suivre tes deux amis qui glissent déjà sur le dos en direction du pied de la montagne, PLOUCH ! tu reçois une grosse balle de neige derrière la tête.

Tu te retournes vers le mauvais homme de neige, et **PLOUCH** ! tu en reçois une autre… EN PLEIN ENTRE LES DEUX YEUX ! Frustré, tu te relèves d'un seul bond. **PLOUCH** ! Une troisième te frappe le torse et te jette presque par terre. Tu commences vraiment à en avoir ta claque. Tu te penches sans plus attendre. Tu fabriques vite une boule de neige énorme et tu la lances de toutes tes forces en direction du mauvais homme de neige. Ta grosse boule de neige le frappe en plein visage. Le mauvais homme de neige grogne et s'avance vite vers toi. Tu recules, titubes, tombes sur le dos et glisses sur le flanc glacé de la montagne en direction d'une tombe ouverte, devant une pierre tombale en glace qui ne porte pas encore d'épitaphe…

AH ! NON… Glisse jusqu'au chapitre 18.

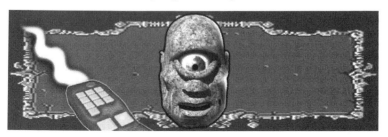

Tu réussis à pousser la section du mur qui s'ouvre vers le reste du labyrinthe. T'as eu ta leçon, alors tu marques avec un gros crayon feutre les murs où vous passez d'un grand « N ». Un « N » pour pas NIAISEUX au point de se faire avoir une deuxième fois…

Avec cette méthode, tu parviens à atteindre le flanc de la montagne où se trouve le château-industrie. Vous gravissez les marches taillées à même la roche jusqu'à l'entrée. La porte ne comporte pas de serrure. Juste une poupée sans tête en plein centre…

Tu examines la poupée décapitée et ensuite, tu t'en vas au chapitre 74.

À peine êtes-vous débarqués que le bus fait demi-tour et repart en trombe en direction de Sombreville.

« IL AURAIT PU NOUS RAMENER À SOMBRE-VILLE ! hurle Marjorie au beau milieu de la route. CET IDIOT DE CONDUCTEUR, IL VOYAIT BIEN QUE NOUS ÉTIONS PERDUS... »

Loin sur la route, le conducteur applique les freins CRIIIII !

« IL T'A ENTENDUE ! hurles-tu à tes deux amis. ALLONS NOUS CACHER DANS LA FORÊT ! »

Vous courez sans regarder en arrière jusqu'à ce que vous n'entendiez plus le ronronnement du moteur. Comment retrouver votre chemin maintenant, dans cette forêt que vous ne connaissez pas ?

Après quelques minutes à errer entre les arbres, vous tombez sur les vestiges d'une route oubliée. Une pancarte rouillée pointe vers la gauche et indique une direction... CYCLOPEVILLE !

Plus loin, une grande vallée s'ouvre à vous. Elle est ceinturée par une chaîne de montagnes. Entre deux montagnes, une grosse tête de monstre à un seul œil sculpté dans le roc... UN CYCLOPE !

Vous êtes arrivés au chapitre 4...

8

Certains d'avoir réussi à décrypter le message, vous vous installez tous les trois devant la porte et vous fermez les yeux. Vous attendez comme ça que quelque chose arrive. Vous avez l'air complètement idiots. Quelques secondes passent, et voilà que, **BRRRRRR** ! l'œil du cyclope pivote sur lui-même. Vous ouvrez simultanément les yeux. Devant vous, c'est non plus la porte qu'il y a, mais le gros iris et la grosse pupille de l'œil... QUI VOUS REGARDE !

OH ! OH ! Ça n'a pas fonctionné...

Te faire dévisager de la sorte par un si gros œil est assez impressionnant merci. Vous reculez et réussissez à rejoindre l'ascenseur avant que quelque chose n'arrive. Tu donnes un coup sur le bouton, et vous descendez aussitôt. Tu te remets à respirer, mais lorsque tu constates que l'ascenseur ne s'arrête plus et qu'il poursuit sa descente très profondément sous la surface de la terre, TU TE REMETS À PANIQUER !

Tu martèles de coups de poing le gros bouton, mais rien à faire, vous n'avez plus le contrôle de l'ascenseur qui, finalement, stoppe...

... au chapitre 103.

4

Tu as sélectionné ce levier tu ne sais pas trop pourquoi... IL EST PLUS BEAU QUE L'AUTRE, C'EST TOUT !

Marjorie t'explique le fonctionnement de sa zappette, qui est simple comme tout à utiliser...

« Tu vises et tu appuies sur n'importe quel bouton ! t'indique-t-elle en souriant. C'est très facile. »

Tu pointes la zappette en direction du levier. Les deux leviers placés sur le mur sont pas mal près l'un de l'autre. Si tu ne vises pas correctement, tu risques d'atteindre l'autre. Elle aurait dû munir son invention d'une lunette de visée. Là, ça aurait été plus facile...

Tu pousses sur un bouton, et ZIOUP ! Vas-tu réussir à atteindre le levier que tu avais choisi ? Pour le savoir...

TOURNE LES PAGES DU DESTIN ET VISE BIEN...

Si tu réussis à l'atteindre, rends-toi au chapitre 12.
Si cependant tu l'as complètement raté, va au chapitre 28.

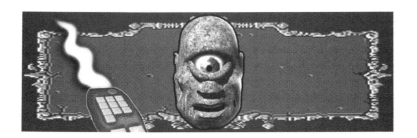

10

Vous vous engagez dans le dédale du labyrinthe en direction de cette étendue d'eau qui semble faire fi des lois de la nature... LE LAC VERTICAL !

Habituellement, t'es vraiment doué pour trouver ton chemin dans un labyrinthe. Ici, par contre, t'as l'impression de tourner en rond. Non mais, c'est pas possible d'errer comme ça ! C'est à croire que quelqu'un déplace les murs et modifie continuellement la configuration du labyrinthe...

Tout juste avant que tu ne perdes patience, vous parvenez au pied de la montagne où se trouve enfin le fameux lac. Tu pousses un OUF ! de satisfaction. C'est vrai que ta réputation était en jeu.

Maintenant, comment allez-vous escalader cette montagne ? Son flanc est complètement à la verticale... Il n'y a absolument aucune pente !

Allez au chapitre 97. Il y a certainement une façon de monter...

TU APPUIES SUR LA PIERRE-POUSSOIR !
CHRRRRRRRRR !

Tout de suite, les quatre murs autour de vous se rapprochent les uns des autres… VOUS ALLEZ ÊTRE ÉCRABOUILLÉS !

Tu pousses sur les deux autres pierres, mais il n'y a absolument rien qui se produit. Tu voudrais te jeter à genoux pour faire une prière, mais tu n'as même plus assez de place pour le faire. Le carré rétrécit toujours. Vous vous collez tous les trois. Tu hurles…

« AU SECOURS QUELQU'UN ! t'époumones-tu. VENEZ NOUS DÉLIVRER… »

LES MURS STOPPENT…

Est-ce que quelqu'un a entendu ton cri de détresse ? NON ! Il n'y a personne. Le nez aplati sur la roche, vous ne pouvez pas bouger un seul muscle. Combien de temps allez-vous rester comme ça ? Longtemps ! TRÈS LONG-TEMPS ! Jusqu'à la…

FIN

ZIOUP ! En plein sur le levier, qui aussitôt s'abaisse, **CRRRRR !**

Le mur devant vous pivote et vous ouvre la voie. Vous pénétrez sans attendre avant que la bouche du cyclope se referme derrière vous. BON ! Vous voilà encore une fois prisonniers. Vous en avez l'habitude, alors vous ne paniquez pas. Autour de vous, il y a encore plein de leviers. L'un d'eux doit servir à ouvrir la porte. Tu pousses le premier, et un grondement épouvantable survient.

GRRRRRRRRRRRRRRRRRRRR !

Tu te bouches les oreilles. Le sol est secoué par de grandes vibrations. Est-ce que tu as déclenché un tremblement de terre ? Tu regardes par un hublot. NON ! C'est le cyclope qui vient de sortir tout son corps de la terre ! Tu actionnes un autre levier, et l'immense statue avance en écrasant tout sur son passage. Tu essaies de l'arrêter, mais le levier de vieux bois se brise entre tes mains, **CRAAC !** Sur la route vers Sombreville, l'armée intervient avec des chars d'assaut.

« OUAH ! s'écrie Marjorie. Ils vont nous tirer dessus… »

Les soldats utilisent tout leur arsenal, **BRAOUM ! BRAM !** jusqu'à ce qu'il ne reste plus rien de cette grande statue menaçante…

13

Avec hâte, tu grimpes le premier à l'échelle. Arrivé au lac, tu plonges la main dans l'eau afin de vérifier s'il s'agit bel et bien d'eau et pas d'autre chose. Tes doigts s'enfoncent et ensuite ta main, jusqu'à ton poignet. Tu as la preuve devant les yeux et t'arrives pas encore à te faire à l'idée que c'est de l'eau fraîche et que ce lac se tient vraiment à la verticale...

Sur la rive, une chaloupe est accostée. Cette embarcation est la preuve qu'il y a un moyen de se déplacer à la verticale. Ça prend peut-être une formule magique ?

Tu t'agrippes et, méthodiquement, tu te déplaces en faisant glisser tes mains sur le bord du lac. Une grenouille, que tu viens d'effrayer, plonge dans l'eau du lac.

PLOUCH !

« AH ! non, te lamentes-tu à tes amis en cherchant à comprendre. Pourquoi cette grenouille peut-elle se déplacer à la verticale et pas nous ? »

Tu réfléchis un peu, puis il te vient une idée. Tu étires le cou et tu bois une bonne gorgée de l'eau fraîche du lac. Quelque chose en toi est en train de changer.

OUI ! Va au chapitre 88 maintenant...

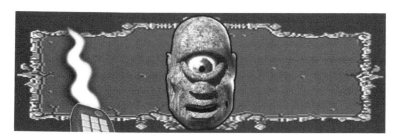

14

Vous courez sur le pont et plongez par-dessus bord dans l'eau tumultueuse du lac.

PLOUCH ! PLOUCH ! PLOUCH !

Sans vous arrêter, vous nagez jusqu'au bord du lac. La horde de dangereux pirates restés sur le voilier vous lancent des tas d'injures.

Arrivés sur la terre ferme, vous courez avec vos vêtements tout mouillés entre les arbres d'une forêt dense. Des plaintes se font soudain entendre. On dirait qu'il y a quelqu'un d'autre, perdu, comme vous, dans cette forêt.

Vous cherchez d'où ces gémissements proviennent. Impossible de le savoir, car l'écho propulse tout bruit ou son dans toutes les directions. Vous progressez sans trop savoir où vous allez. Vous avancez vers un très très grand arbre avec l'intention de l'escalader afin d'avoir une bonne vue d'ensemble et ainsi trouver un chemin ou quelque chose d'autre.

Allez au chapitre 20.

15

Un peu plus loin, au beau milieu du lac, vous apercevez un grand truc blanc courbé comme un arbre abattu. Vous ramez plus vite dans sa direction. C'est une grande voûte en forme d'arc. Une arche très ancienne, à voir l'état dans lequel elle est, car elle est toute fissurée.

Craintifs, vous hésitez à passer à l'intérieur, et avec raison : elle pourrait s'écrouler sur votre embarcation et vous faire couler à pic. Elle est recouverte de textes et de dessins étranges. Vous réussissez cependant, en étudiant bien les dessins, à découvrir qu'il s'agit... D'UNE ARCHE QUI MÈNE À UNE AUTRE DIMENSION !

Oui, c'est clair que tous ces dessins parlent d'une traversée vers une autre dimension pour quiconque réussira à déchiffrer correctement l'incantation ancienne gravée dans la langue des mages.

Essayez de décoder l'incantation au chapitre 98.

16

À cette hauteur, vous avez une vue imprenable sur toute la vallée et le labyrinthe du cyclope. Marjorie pointe le doigt en direction d'un drôle de dépotoir... UN DÉPOTOIR DE SOUCOUPES VOLANTES ! Vraiment étrange ce qu'on peut trouver ici.

Tu ne peux t'empêcher de penser à ce bonhomme de neige. Tu sais très bien que son visage ne quittera jamais ton esprit et qu'il hantera pour plusieurs jours ton sommeil. Tu te tournes vers lui et remarques que, maintenant, il fronce les sourcils et te sourit d'une façon méchante...

Cesse de trembler et rends-toi au chapitre 22.

17

ZIOUP ! RATÉ !

Mieux vaut maintenant courir le plus vite que vous pouvez. La créature à vos trousses, vous parvenez à atteindre, essoufflés, ce curieux cimetière de soucoupes volantes.

Cachés tous les trois parmi les débris, vous attendez patiemment que la créature abandonne. De longues minutes passent avant qu'un terrible rugissement survienne **GRAAAOUUUU !** et qu'elle ne se fasse manger par une grosse bête monstrueuse. Votre problème vient de s'aggraver, car ce gros monstre doté d'une certaine intelligence a entrepris de déplacer les débris un après l'autre jusqu'à ce qu'il parvienne à vous atteindre. C'est qu'il a un appétit insatiable, cet énorme prédateur…

Devant vous, les morceaux de soucoupe volante sont enlevés un après l'autre par le monstre, qui se rapproche dangereusement de vous. Vous rampez entre les débris. Devant vous, près de l'écoutille ouverte d'un vaisseau spatial, il y a trois scaphandres blindés…

Allez au chapitre 26.

18

De la neige sur de la glace… C'EST TRÈS GLIS-SANT ! Derrière toi, le mauvais homme de neige, lui aussi couché sur la pente, arrive à toute vitesse… IL VA TE RATTRAPER !

Tu vas de plus en plus vite. Attention aux pierres tombales de glace, tu pourrais t'écraser dessus. Avec une dextérité incroyable, tu réussis à les contourner. Le mauvais homme de neige te pourchasse toujours. Il pousse un terrifiant hurlement **GRAOUUUU !** et tout de suite des mains de glace surgissent des tombes sur la pente. Elles essayent toutes de t'attraper. Tout à fait en bas de la pente, Marjorie et Jean-Christophe te font de grands signes en hurlant : LA ZAPPETTE ! LA ZAPPETTE !

OUI ! LA ZAPPETTE ! te rappellent-ils tous les deux. Tu plonges la main dans ta poche de jeans pour sortir votre nouvelle arme anti-monstres. Tu vises sans attendre cette saloperie de mauvais homme de neige et tu appuies sur un bouton. Vas-tu réussir à l'atteindre ? Pour le savoir…

TOURNE LES PAGES DU DESTIN ET VISE BIEN…

Si tu réussis à l'atteindre, SUPER ! Va au chapitre 39.
Si par contre tu l'as complètement raté, va au chapitre 58.

14

Les labyrinthes, ça te connaît, et en moins de deux, vous êtes devant la grande clé qui brûle. Comment la tourner sans vous brûler ? C'est la question que tes amis se posent en se grattant la tête.

Sans dire un seul mot, tu t'engages dans une autre partie du labyrinthe et tu reviens quelques minutes plus tard avec une balle de neige presque toute fondue.

« Je viens de me rappeler un autre détail au sujet de cette légende de la clé des quatre volcans, leur dis-tu en souriant. Observez bien le magicien. »

Tu laisses fondre un petit peu de neige sur le bout de ton index jusqu'à ce qu'une goutte d'eau se forme. Ensuite, avec une étonnante précision, tu exécutes une pichenette, ce qui a pour effet de catapulter la goutte en plein sur la grande clé qui, comme par magie, S'ÉTEINT !

PSHHHHHHHH !

Tous les trois vous la tournez, et les quatre volcans entrent en éruption. Vous partez en trombe sans regarder en arrière. La lave envahit la vallée et anéantit du même coup tous ces monstres dangereux… MISSION ACCOMPLIE !

Courez jusqu'au chapitre 106.

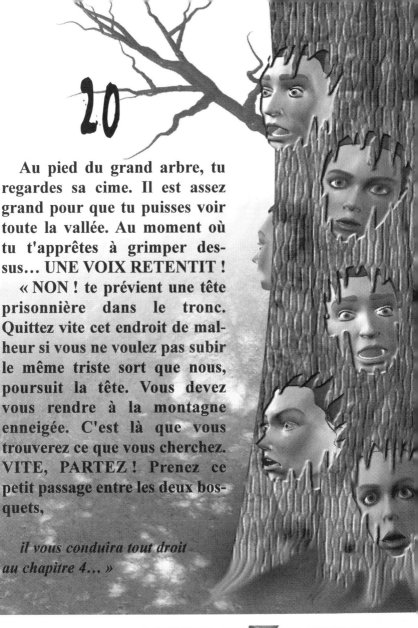

20

Au pied du grand arbre, tu regardes sa cime. Il est assez grand pour que tu puisses voir toute la vallée. Au moment où tu t'apprêtes à grimper dessus… UNE VOIX RETENTIT !

« NON ! te prévient une tête prisonnière dans le tronc. Quittez vite cet endroit de malheur si vous ne voulez pas subir le même triste sort que nous, poursuit la tête. Vous devez vous rendre à la montagne enneigée. C'est là que vous trouverez ce que vous cherchez. VITE, PARTEZ ! Prenez ce petit passage entre les deux bosquets,

il vous conduira tout droit au chapitre 4… »

11

Tu pousses la porte, qui glisse très aisément sur ses gonds. Probablement parce qu'elle est entièrement faite de glace…

Vous franchissez son seuil. OUAIS ! Il fait vraiment froid de l'autre côté. Marjorie, elle, qui est très frileuse, se souffle déjà dans les mains. Devant vous s'élève enfin la montagne enneigée. De curieuses pierres tombales sculptées dans de la glace sont plantées un peu partout sur ses flancs recouverts de neige. Tu t'approches d'une d'elles pour lire l'épitaphe : Ci-gît l'abominable homme des neiges… NE LE RÉVEILLEZ PAS !

Les autres inscriptions funéraires portent des noms tout aussi célèbres : le yéti, l'ours-garou, le terrifiant Père Cruel et ses loups. BON ! Mieux vaut ne pas déranger tout ce monde, car il vous en coûtera.

Vous gravissez la pente raide et glissante jusqu'au sommet en prenant bien soin de ne pas vous agripper aux pierres tombales. Tout à fait en haut vous accueille, immobile, une grande silhouette blanche au regard méchant. Elle est faite de trois grosses boules de neige… C'EST LE MAUVAIS HOMME DE NEIGE !

Allez au chapitre 30.

22

Tu bafouilles à tes amis qu'il faut redescendre sans attendre, car tu viens de te rendre compte que le bonhomme de neige a bougé. Jean-Christophe et Marjorie descendent très vite la pente en courant. Tu les regardes s'éloigner. Le bonhomme de neige avance vers toi en soulevant son balai pour te faire trébucher. Tu te jettes dans la pente.

Tu glisses et tu glisses. Si tu réussis à rester en équilibre, tu pourras atteindre le pied de la montagne où sont tes amis. Si par contre tu tombes, le MAUVAIS HOMME de neige, qui descend lui aussi la pente… TE RATTRAPERA !

Seras-tu capable de descendre sans tomber ? Pour le savoir, mets un signet ici. Ferme ton Passepeur et dépose-le dans ta main ouverte.

Si tu es capable de garder en équilibre dans ta main ton livre pendant dix secondes, eh bien ! tu as réussi à glisser, sans tomber, jusqu'au pied de la montagne. Tu peux alors poursuivre ton aventure au chapitre 53.

Si, cependant, ton livre est tombé avant que les dix secondes ne se soient écoulées, MALHEUR ! Cela signifie que tu as fait une mauvaise chute au chapitre 63.

23

ZIOUP ! En plein sur le levier, qui s'abaisse aussitôt...
CRIIIIIIC !

Une section du mur pivote, et vous voilà sortis de ce labyrinthe de malheur. Devant vous s'élève la grosse tête du cyclope. Vous hésitez un peu avant de gravir les marches de granit craquelées.

Dans la bouche, à la place de la langue, il y a un escalier qui s'enfonce profondément dans la gorge du cyclope. Tu tapotes la lèvre, question de vérifier si ce cyclope est vraiment sculpté dans la pierre, car tu ne voudrais pas te retrouver dans l'estomac d'un monstre vivant.

Vous descendez les marches jusqu'à une grande salle qui était dédiée au dieu à l'œil unique. Sur la stèle des sacrifices, il y a du sang séché. Une grande statue d'un cyclope placée derrière la stèle vous regarde. À la place de l'œil, il y a un rubis d'une valeur inestimable. Lorsque tu extirpes la pierre précieuse de la statue,

« GAROUMBA YÉYÉ MAK TOUM ! »

Un grand prêtre surgit d'un passage secret...

OUPS ! Allez au chapitre 83.

24

LA MAIN DE GLACE ! Oui ! Tu as vu juste…

Vous la contournez avec précaution en gardant les yeux rivés sur elle. Une fois derrière vous, elle s'enfonce dans la neige et disparaît jusqu'à ce que des inconscients comme vous mettent le pied dans le cimetière.

Au pied de la montagne, vous observez la cime. Pour l'atteindre, ce serait bien d'avoir des patins, car ses flancs sont glacés. Mais vous n'en avez pas. En vous agrippant aux pierres tombales, vous parvenez à l'escalader. Au pic trône une sorte de bonhomme de neige au regard plutôt démoniaque. Jamais tu n'aurais pensé qu'un jour tu serais effrayé par un simple bonhomme de neige.

Tu t'approches de lui. Tu en as souvent fait de ces bonhommes de neige. Tu sais parfaitement qu'il faut rouler dans la neige trois grosses boules pour en fabriquer un. Ces grosses boules sont très lourdes. Tu te demandes comment ils ont réussi à les faire rouler jusqu'ici. C'est impossible avec ces flancs glissants. À moins qu'il ne soit monté ici… PAR LUI-MÊME !

Allez au chapitre 16.

25

Curieux, tout de même, ce sinistre château-industrie d'où s'échappe de la fumée noire et dense. C'est à se demander ce qu'on y fabrique…

Vous pénétrez avec appréhension dans le labyrinthe du cyclope, car comme vous le savez, il est très facile de se perdre dans les dédales d'une construction aussi diabolique que complexe…

Vous errez de longues minutes entre les hauts murs. Il se passe une heure avant que tu t'aperçoives que vous tournez en rond et que vous revenez toujours au même endroit. Bon, maintenant, t'en as la certitude : à un endroit précis, une section du mur a pivoté lorsque vous l'avez franchie et elle vous a comme emprisonnés dans une petite section du labyrinthe. Avec méthode, en suivant tes traces de pas, tu parviens à déterminer l'endroit exact où le mur pivote. Tu poses les deux mains sur le mur pour le faire pivoter. Le mur va-t-il s'ouvrir ? Pour le savoir…

TOURNE LES PAGES DU DESTIN…

Si le mur pivote et s'ouvre, rends-toi au chapitre 6.
Si par contre le mur ne bouge pas, allez au chapitre 61.

26

BON ! Maintenant, qu'est-ce que vous allez faire ?

Pour te réfugier dans le vaisseau spatial, rends-toi vite au chapitre 37.

Tu veux plutôt mettre un scaphandre blindé. Alors, dans ce cas, va au chapitre 73.

#

ZIOUP ! En plein sur sa sale tête…

Devant vos yeux agrandis d'étonnement, le cyclope est transformé en clown de cirque jongleur. Il lance ses quilles très haut au-dessus de sa tête recouverte de cheveux orangés. Et il vous sourit. Vous le contournez et entrez dans le château-industrie.

À l'intérieur, le bruit des machineries est assourdissant. **BROUM ! CLAC ! CLAC ! GRRRRR !** Tu te bouches les oreilles. Le tapis roulant de la chaîne de montage transporte jusqu'à un gros camion des boîtes de poupées diaboliques : des poupées-zombies, des poupées loups-garous, des poupées-vampires… Une fois ces jouets monstrueux livrés, ils s'attaqueront aux enfants de Sombreville. Tu ne peux pas laisser se produire une chose pareille !

Tu mitrailles, avec la zappette, la machinerie, qui stoppe et prend aussitôt en feu… LE CHÂTEAU-INDUSTRIE BRÛLE !

En rampant sur le plancher pour éviter la fumée noire, vous réussissez à sortir du brasier…

… et à retourner au chapitre 4 afin de choisir une autre voie…

28

ZIOUP! CRAAAAABOUM!

T'as complètement échoué, mais au moins tu as fait un énorme trou dans le mur, dans lequel vous vous glissez sans attendre une seconde de plus.

La grosse tête du cyclope de pierre est juste devant vous. Tu remarques juste avant d'entrer que l'œil qui, tantôt, regardait vers le nord… TE FIXE INTENSÉMENT !

Tu es soudain très mal à l'aise. Ce n'est pas poli de dévisager les gens comme ça. Tu vas lui donner une leçon. Tu pointes la zappette dans sa direction et tu presses un bouton, **ZIOUP !** Le rayon laser arrive en plein sur la pupille et revient vers vous, **ZIOUP !** et il vous pulvérise tous les trois…

FIN

24

Marjorie monte sur les épaules de son frère Jean-Christophe et étudie la configuration du labyrinthe.

« Tu vois quelque chose ? lui demandes-tu. Tu vois des gens ?

— NON ! Mais pour aller à la montagne de neige, réfléchit-elle en promenant son doigt devant elle, et selon mon calcul, il faut prendre la quatrième porte. Elle va nous conduire directement au centre du labyrinthe, où la petite montagne se trouve. »

Jean-Christophe la fait descendre, et vous vous y rendez tout de suite. Vous marchez longtemps dans cet inextricable lacis de couloirs jusqu'à une curieuse porte turquoise. En posant les deux mains dessus, tu découvres qu'elle est très froide; elle est faite de glace. BIZARRE ! Il fait chaud, et elle ne fond pas ! Il n'y a pas une seule goutte d'eau sur le sol. Il doit faire vraiment froid de l'autre côté. Même s'il y a de fortes chances que vous soyez, tous les trois, transformés en popsicles, vous décidez de l'ouvrir… Est-elle verrouillée ? Pour le savoir…

TOURNE LES PAGES DU DESTIN…

Si elle n'est pas verrouillée, ouvre-la au chapitre 21.
Si par contre elle est bien barrée, rends-toi au chapitre 3.

30

Vous l'observez avec une crainte croissante.

Allez maintenant au chapitre 65.

31

Autour de toi, tu ne vois rien qui pourrait faciliter l'ascension de la montagne. Tu réfléchis quelques secondes, puis ensuite tu poses le pied droit sur le flanc de la montagne. Tout de suite, tu sens des changements s'opérer en toi. Tu poses alors le pied gauche, et comme par magie... TU TE TIENS DEBOUT, À L'HORIZONTALE !

Tes deux amis t'imitent, et vous marchez tous les trois sur la montagne verticale comme si vous marchiez sur un mur. Ça vous fait tout drôle de voir le paysage à droite et le ciel à gauche...

Arrivés au lac, tu touches sa surface. Elle est solide comme de la glace, mais ce n'est pas froid. C'est comme une grande vitre. Tu marches sur sa surface et tu aperçois des poissons figés dans le verre. Une barque y est aussi immobilisée. Vous vous en approchez. Il y a des rames et tout un attirail de pêcheur.

Aussitôt que tu mets le pied à l'intérieur de la barque, le verre du lac se transforme... EN BELLE EAU BLEUE !

QUOI ? Allez au chapitre 82.

32

Il fait très noir, et tu as du sable dans la bouche, POUAH ! Tu essaies de cracher, mais il y en a encore plus qui pénètre, DOUBLE POUAH !

Vous vous sentez descendre encore plus profondément. Vous aboutissez dans une sorte de tunnel dans lequel vous réussissez à vous infiltrer. BON ! Au moins, vous pouvez recommencer à respirer…

Êtes-vous dans les égouts de Cyclopeville ? Non, certes pas, car autour de vous, il y a de grandes roues dans lesquelles des meutes de chiens et de chats courent sans arrêt comme des rats de laboratoire.

Un terrifiant colosse aux yeux rouges et à la peau blanche arrive. Il fait claquer son fouet **CLAC !** au-dessus de votre tête et vous pousse tous les trois vers une grande roue. Vous allez, vous aussi, courir dans cette grande roue afin de produire de l'électricité pour Cyclopeville jusqu'à la fin de votre vie…

FIN

34

Avec une grande nervosité, tu ouvres la porte du gros œil. À l'extérieur, la créature mutante ne semble plus dans les parages.

« Suivez-moi ! chuchotes-tu à tes deux amis. J'crois que j'ai un plan. »

Avec beaucoup d'adresse, vous parvenez à grimper jusqu'au trou d'une des oreilles du cyclope. Agrippés au lobe, vous vous laissez tomber sur le sol en roulant comme le font les parachutistes, pour amortir votre chute. BON ! Vous voilà hors de cette tête monstrueuse. Maintenant, que faites-vous ?

Vous êtes cachés tous les trois entre les murs du labyrinthe. Tu expliques à tes amis que cette grande clé qui brûle est la clé des quatre volcans de la vallée. Tu ne croyais pas à cette vieille légende, mais lorsque tu l'as aperçue avec le télescope, tu as vite compris qu'il s'agissait non pas d'un simple mythe, mais d'une histoire vraie. Il suffit de tourner cette clé pour inonder cette vallée peuplée de monstres de lave brûlante.

VITE ! Allez au chapitre 19.

35

Vous vous réfugiez tous les trois à l'intérieur du gros œil et vous fermez la porte, BLAM ! Jean-Christophe met tout son poids sur la porte et retient le loquet d'ouverture automatique. La créature, incapable d'ouvrir la porte, rugit et tente par tous les moyens de l'enfoncer. BLAM ! BLAM ! Des gouttes de sueur perlent sur ton front.

« C'était quoi ce mutant ? » demandes-tu à tes amis, tout aussi éberlués par cette apparition venue directement de l'enfer.

La créature s'acharne toujours sur la porte, qui semble tenir le coup. Tu t'assois dans un grand fauteuil, question de reprendre ton souffle. Une manette sur l'accoudoir droit du fauteuil fait légèrement pivoter l'œil. Marjorie doit s'accrocher pour ne pas tomber. Bon, tu peux contrôler cet œil, mais à quoi sert-il ? Placé directement au milieu de la pupille, il y a un puissant télescope. Tu y colles un œil. Tu peux voir partout dans Cyclopeville — il semble toujours ne pas y avoir âme qui vive…

Par curiosité, tu mets le télescope en mode « INFRA-VERT » et tu regardes à nouveau. Maintenant, tu les vois tous… CES CENTAINES DE MONSTRES QUI HABITENT CYCLOPEVILLE !

Va au chapitre 101.

36

BON ! Pas de temps à perdre. Si vous voulez retourner vite chez vous, il faut alors prendre le taureau par les cornes, ou si vous préférez… LE CYCLOPE PAR L'ŒIL !

Vous pénétrez d'un pas décidé dans le labyrinthe. Impossible de voir où vous allez à cause des murs trop hauts. La seule chose que vous pouvez apercevoir de l'endroit où vous êtes est ce gros rocher sculpté en forme de terrifiante tête de cyclope…

Vous parvenez à atteindre le dernier mur qui vous sépare de la tête de cyclope. Tu sautes pour essayer de voir de l'autre côté, mais le mur est beaucoup trop haut. Vous cherchez un quelconque mécanisme d'ouverture. Il y en a non pas un, mais bien deux ! Deux leviers qui sont malheureusement trop hauts pour être atteints. Marjorie sort de son sac sa toute dernière invention…

SA ZAPPETTE LASER !

Allez au chapitre 85.

Vous vous engouffrez dans l'écoutille ouverte du vaisseau. Dehors, le monstre déplace tous les débris et parvient jusqu'à vous. Avec sa mâchoire puissante, il soulève le vaisseau et il réussit à percer la coque avec ses dents. Jean-Christophe et Marjorie se tiennent l'un contre l'autre. Tu te relèves d'un seul bond et tu te diriges vers la salle des torpilles.

Le vaisseau est secoué de tous bords tous côtés, comme s'il s'agissait d'un tremblement de terre dépassant largement les lectures normales de l'échelle de Richter. Tu as de la difficulté à te tenir debout. Le monstre déchiquette le vaisseau comme s'il était fait de simple papier mâché.

Tu parviens à atteindre la salle des torpilles. À travers un petit hublot d'un des tubes lance-torpilles, tu aperçois une boule métallique… UNE TORPILLE À PROTONS ! CE TUBE EST CHARGÉ ET PRÊT À FAIRE FEU !

Tu appuies sur le déclencheur, mais rien ne se produit. Les piles du vaisseau sont malheureusement à plat…

CROC ! CRAC !

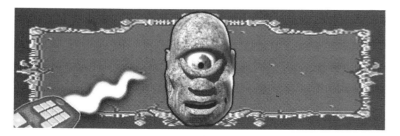

38

Ce tas d'ovnis attisent vraiment votre curiosité. C'est un cimetière de soucoupes volantes, quoi. Vous apercevez des écoutilles ouvertes sur deux de ces soucoupes.

Rends-toi au chapitre inscrit près de l'ovni que vous voulez visiter...

ZIOUP ! EN PLEIN DANS LE MILLE !

Tu as pulvérisé le mauvais homme de neige en flocons…

Débarrassé de cette menace, tu glisses doucement jusqu'au pied de la pente où t'accueillent tes deux amis. La neige sur ton jeans enlevée, vous décidez de vous diriger vers le labyrinthe en direction de cette grosse tête de cyclope sculptée dans le roc.

Vous errez dans le dédale de couloirs. Des hurlements de bêtes étranges se font entendre **GRAOOU ! HRUUII !** Pas moyen de savoir d'où ça provient. Tu te croises les doigts en espérant ne pas tomber sur ces créatures.

Le couloir soudain s'élargit. Par terre, il y a des carcasses d'animaux impossibles à identifier, car tous les crânes ont disparu. Quelqu'un ici collectionne les têtes. Accroche-toi solidement à la tienne…

Parlant de tête, voici devant vous cette grosse face laide de cyclope. Tu jurerais que ce gros œil, qui, en passant, a l'air un peu trop réel à ton goût… T'OBSERVE !

Entrez dans la tête du cyclope au chapitre 52.

40

Comme tu le prévoyais, la coupole se soulève en faisant chuinter de la vapeur rouge.

CHUUUUIIIIIIIIIIII !

Question de sécurité, avant de monter à bord, vous vous penchez tous les trois dans l'ouverture. La voie est libre. Vous entrez…

Bon, c'est tout plein de boutons et de voyants lumineux. C'est normal pour un engin spatial, mais ce qui ne l'est pas, c'est que tout semble en marche et prêt pour un décollage imminent. Vous n'êtes probablement pas seuls à bord, alors soyez sur vos gardes…

Marjorie, qui touche à tout, pitonne sur quelques boutons sur le tableau de communication du vaisseau. Jean-Christophe se met à l'engueuler…

« TU VEUX NOUS ENVOYER DANS L'ESPACE ENCORE UNE FOIS ? lui hurle-t-il dans les oreilles. Rappelle-toi, tu nous l'as déjà faite celle-là… »

Marjorie fait comme si elle n'entendait pas son frère et elle continue à presser des boutons jusqu'à ce qu'elle tombe sur le périscope électronique. Vous vous approchez tous les deux. Comme si elle avait toujours fait ça, elle dirige avec le clavier le périscope, qui vous montre la montagne enneigée du labyrinthe… VOILÀ LE CHEMIN À SUIVRE POUR TERMINER CETTE AVENTURE !

Sortez de la soucoupe volante et retournez au chapitre 4.

41

Vous sautez aisément sur le premier monticule pour ensuite vous catapulter sur le second qui, malheureusement, s'effondre sous votre poids.

BRRRRRRRRRR !

Vous chutez lourdement de plusieurs mètres et atterrissez sur une plate-forme de roche **BLAAAM !** où se trouve un nid étrange qui contient une demi-douzaine d'œufs orange, tout bosselés. Comment descendre d'ici maintenant ? Vous êtes encore trop haut pour sauter dans la cascade d'eau tout à fait en bas. Un terrible écho de sifflement provient de la vallée voisine. De grandes ailes cachent le soleil et vous font de l'ombre. Tu lèves la tête et tu aperçois un ptérodactyle qui trace de grands cercles au-dessus de votre tête. En vous apercevant, il plonge direct sur vous. Ces fameux œufs orange sont les siens ! Vous n'avez plus le choix. Vous courez vers l'abîme et vous vous précipitez en bas, hors de son nid. Le ptérodactyle fonce sur toi, t'attrape avec ses longs doigts raides et te ramène près du nid où les œufs viennent tout juste d'éclore. Six jolis petits ptérodactyles affamés viennent de naître…

42

La clé tourne parfaitement, et le gros cadenas s'ouvre **CLOC** ! OUF ! Oui OUF ! car tu sais qu'avec la mauvaise clé tu serais probablement tombé dans un de ces pièges diaboliques que les pirates ont concoctés afin de protéger leur trésor...

Tu ouvres lentement la porte, qui n'a pas été ouverte depuis au moins deux cents ans. Elle grince terriblement, **CRRRIIIIIIIII** ! À l'intérieur, il n'y a apparemment pas âme qui vive. Tu entres. La table est encore pleine de victuailles séchées. La carcasse d'une grosse dinde trône au centre. POUAH ! C'est dégueu…

Autour de la table, il y a plusieurs chaises en bois sur lesquelles sont posés des vêtements de pirates et de marins. À l'intérieur de ces vêtements, il n'y a rien; ils sont vides. Ils ne contiennent même pas de squelette. C'est vraiment très bizarre ! On dirait que les personnes qui portaient ces vêtements se sont, en plein milieu du repas… VOLATILISÉES !

Allez au chapitre 50.

Devant l'arche, tu récites l'incantation suivante : « Qui ne se hasarde pas n'est jamais perdu. »

Vous ramez lentement en passant sous l'arche. Arrivés de l'autre côté, vous attendez que quelque chose survienne. Tout reste silencieux, à part le joli clapotis que font les vagues sur votre embarcation. Bon, eh bien, cette arche vers une autre dimension a sans doute perdu tous ses pouvoirs !

Vous ramez jusqu'à l'extrémité du lac, où vous ne trouvez qu'une forêt sans grand intérêt pour vous. Vous rebroussez chemin en prévision d'un retour à l'entrée de Cyclopeville, question de choisir un parcours plus intéressant. Vous redescendez l'échelle faite de lianes jusqu'au pied de la montagne du lac vertical. Assis tous les trois, les jambes vers le ciel, vous attendez que les effets de l'eau du lac se dissipent. Les minutes passent, ensuite les heures, et l'effet ne s'en va toujours pas, et... NE SE DISSIPERA JAMAIS ! Toute votre vie, vous allez la passer à ramper sur le sol comme ça, car c'est la seule façon pour vous de vous déplacer. Non, ça ne sera vraiment pas facile de vivre à la verticale dans un monde... HORIZONTAL !

FIN

44

Derrière la porte, il y a soit un trésor d'une grande valeur, soit des cadavres de pirates. Forcer ce gros cadenas ??? IMPOSSIBLE ! Même avec un chalumeau… Il faut absolument trouver la clé si vous voulez l'ouvrir ! Vous cherchez sur le pont. Accrochées au grand mât brisé en deux… IL Y A DEUX CLÉS !

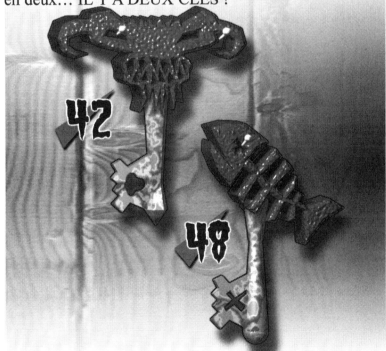

Te rappelles-tu la forme de la serrure ? Étudie bien ces clés et rends-toi au chapitre inscrit près de celle qui, tu crois, déverrouillera le gros cadenas…

45

Les douloureux picotements cessent. Vous regardez tout autour de vous. Facile de constater que vous n'êtes plus sur la Terre, car tous les édifices de cette planète flottent dans les airs comme des ballons. Il semblerait qu'il n'y ait aucune attraction planétaire ici, car tes pieds quittent le sol, et toi aussi, tu t'élèves. Il y a des extraterrestres partout. Ils n'ont cependant pas encore remarqué votre présence. Ils ne sont pas beaux à voir. Leur corps est couvert d'écailles, et leurs bras, leurs trois yeux, leur bouche ainsi que leurs oreilles sont tous au même endroit, c'est-à-dire sur le dessus de leur grosse tête laide. C'est peut-être à cause du manque d'apesanteur. Ils portent des bottes-velcro pour rester collés au sol. Ça vous en prendrait une paire vous aussi parce que vous continuez à vous élever de plus en plus haut…

Vous essayez de nager dans les airs afin de vous rapprocher d'un édifice où vous pourriez vous amarrer. Rien à faire. Vous vous élevez toujours. En bas, les extraterrestres et leurs étranges voitures se font de plus en plus petits. L'air commence sérieusement à manquer à cette hauteur. Vous réussissez à vous agripper à un satellite de communication entre l'espace et l'atmosphère en attendant qu'arrive…

... LA FIN

46

À l'intérieur, vous êtes accueillis par ceci…

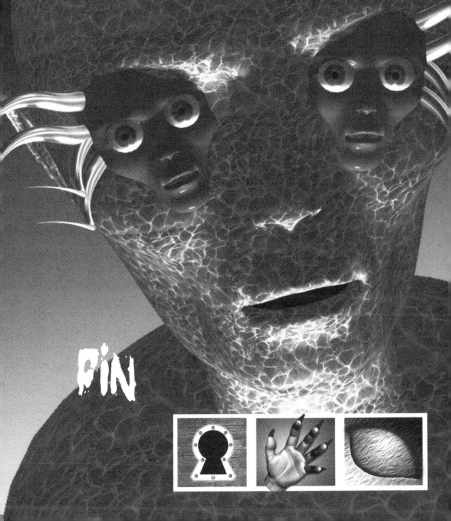

FIN

ZIOUP ! SPLACH ! BRAVO !

En plein dans le mille…

La créature, quelle qu'elle était, n'est plus qu'un gros tas de bave verte étendue sur le sol.

Plus loin, le labyrinthe débouche sur un vaste espace où sont remisées pêle-mêle un tas de… SOUCOUPES VOLANTES ! Tu n'en crois pas tes yeux. Est-ce que la vie existe sur une autre planète ? Eh bien, la réponse à cette grande question, vous l'avez sous vos yeux, et en plusieurs exemplaires en plus. Marjorie fouille nerveusement dans son sac à dos pour prendre son appareil-photo. Jean-Christophe et toi, vous vous placez devant les engins spatiaux. Marjorie s'installe et pointe l'objectif dans votre direction.

« DITES : GABOU BABO ET BOM ! vous demande Marjorie, qui attend votre réaction.

— QUOI ? » faites-vous en même temps, le visage tout en grimace.

CLIC ! fait l'appareil de Marjorie.

« J'adore prendre des photos de vous lorsque vous avez l'air complètement idiot », vous dit-elle en souriant…

Allez maintenant au chapitre 38.

48

La clé tourne parfaitement dans le cadenas, qui cependant ne s'ouvre pas. Tu ne comprends pas. Tu essaies à nouveau, mais il n'y a rien à faire. Comme tu essaies de retirer la clé afin d'essayer l'autre, **CLOC !** une trappe cachée s'ouvre à vos pieds, et vous chutez tous les trois dans la cale à moitié inondée.

Des vagues s'engouffrent par un grand trou dans la coque. Des caisses flottent partout. Dans l'eau jusqu'à la taille, vous décidez de vous aventurer vers l'avant du navire où vous trouvez… UN COFFRE !

Tu as soudain la drôle d'impression que vous n'êtes pas seuls dans la cale. Le coffre est encore loin, et il y a plein de débris entre vous et lui. Tu te faufiles jusqu'à lui avec tes amis, puis tu l'ouvres. Il ne contient qu'une vulgaire lunette d'approche en laiton sur laquelle est gravée l'inscription suivante : « Pour connaître l'avenir » !

C'est un instrument qui peut prédire l'avenir. Tu y colles un œil. Tout de suite, tu te vois en compagnie de tes deux amis errant dans Cyclopeville. Vous marchez en direction… DE LA MONTAGNE ENNEIGÉE !

Voilà l'indice qu'il te fallait pour terminer ton Passepeur. Retourne au chapitre 4… et bonne aventure !

Vous faites progresser votre embarcation entre les colonnes à demi enfouies d'un très ancien édifice.

« Bon, eh bien il faudra dire à tous ces chercheurs que nous avons trouvé Atlantis, la ville engloutie », dit Marjorie en observant les ruines.

Il y règne un silence lugubre. Il y a non seulement un temple, mais aussi une ville entière. Des dizaines de maisons et des grandes constructions aussi. La végétation a littéralement pris possession de l'endroit. Des lierres courent partout sur les édifices de marbre. Tu ne sais pas quel genre de cataclysme a pu faire une chose pareille. Une éruption volcanique ? Un météorite ? Peut-être ! Ouais, mais ça n'explique toujours pas ce lac qui se tient à la verticale... Vous accostez près d'un temple. À l'intérieur, placé sur une table, il y a un énorme gyroscope magique qui, à votre grand étonnement... TOURNE ENCORE ! Marjorie pose délicatement la main dessus. La grande roue ralentit puis s'arrête d'un seul coup. De petits débris filent dangereusement de gauche à droite. Tes pieds glissent sur le sol mouillé, et vous partez tous les trois dans la même direction... L'ATTRACTION TERRESTRE NORMALE VIENT D'ÊTRE RÉTABLIE ! et vous allez tous les trois vous écraser au pied de la montagne...

FIN

50

Sur la table, tu aperçois trois belles coupes remplies d'un liquide qui ressemble à du jus de cerise. Tu pourrais jurer sur ce que tu as de plus cher que tantôt... ELLES N'ÉTAIENT PAS LÀ !

Tu regardes partout dans la cabine. Il n'y a pourtant personne d'autre que vous ici... Tu t'approches de la table et prends une coupe. Peu importe ce qu'elle contient, ça semble délicieux, et ça tombe bien, tu as une de ces soifs !

« TRINQUONS ! lances-tu à tes amis. À notre retour à la maison. »

Jean-Christophe et Marjorie prennent timidement chacun une coupe, et vous avalez tout d'un trait. Lorsque tu t'apprêtes à déposer la coupe sur la table, tu te rends compte que tous les pirates viennent de réapparaître dans leurs vêtements. Cet élixir est magique, il vous permet de les voir tous.

Couteau entre les dents et sabre d'abordage en main, ils se lancent à votre poursuite. Vont-ils réussir à vous attraper ? Pour le savoir...

TOURNE LES PAGES DU DESTIN...

S'ils réussissent à vous attraper, allez au chapitre 105.
Si vous parvenez à leur échapper, courez au chapitre 14.

51

Un bras mécanique commandé à distance par le cyclope apparaît. Tu essaies de t'enfuir, mais la technologie est beaucoup plus efficace que l'homme...

FIN

52

Vous montez les marches de pierre taillée. Votre expérience de chasseurs de fantômes vous dit que la bouche du cyclope dans laquelle vous entrez va certainement se refermer derrière vous et vous emprisonner. Ça, vous en avez la certitude. Mais vous êtes habitués à ce genre de situation, alors vous pénétrez quand même dans cet antre du mal…

Comme prévu, **BRAOOOUUM !** de grosses dents apparaissent, et vous voilà emprisonnés. Cependant, il ne fait pas noir, car des torches placées entre les griffes des statues de gargouilles éclairent les lieux. Vos ombres s'étirent sur le sol fait de crânes collés les uns aux autres…
VOILÀ OÙ SONT PASSÉES TOUTES LES TÊTES !

Une toile d'araignée se colle à ton visage, PFOU ! Tu l'enlèves. OH ! Quelque chose se promène dans tes cheveux. C'est la petite araignée. Tu la déposes par terre. Un ascenseur en bois monte jusqu'au gros œil du cyclope. L'idée de l'emprunter ne te sourit guère, mais t'as pas le choix, car tes deux amis t'attendent déjà à l'intérieur.

Tu les rejoins, et Marjorie presse le bouton-poussoir de l'ascenseur…

… qui vous élève jusqu'à l'œil au chapitre 93.

Tu glisses comme un pro sur la planche à neige entre les pierres tombales de glace. Tu arrives au pied de la montagne, sous les applaudissements de tes deux amis.

Avec les talons, tu freines juste devant Jean-Christophe.

CHRIIIIII !

Il te tend son briquet, et avec un gros tas de branches mortes, tu fais vite un feu, au pied de la pente, directement sur la trajectoire du MAUVAIS HOMME de neige. Vous vous éloignez. Il arrive à toute vitesse et frappe de plein fouet les flammes qui le font fondre en moins de temps qu'il ne le faut pour dire : crème glacée aux pistaches...

Tu souris fièrement... QUEL EXPLOIT !

Du MAUVAIS HOMME de neige, il ne reste plus que son balai et son chapeau.

Vous retournez au chapitre 4 afin de choisir une autre voie...

54

AH ! LE VENT… Il peut nous jouer de ces tours quelquefois…

Maintenant, il s'est tu, et sur le pic de la montagne règne un silence surnaturel. Bon, le froid te glace le bout des doigts, mais l'ambiance ici te fait aussi vraiment froid dans le dos.

Vous reculez tous les trois vers la pente, car vous avez l'impression que quelque chose va se produire. Un autre frottement survient CRRRR ! accompagné cette fois-ci par un grognement, GRRRRRRR ! Le mauvais homme de neige commence à se mouvoir. Apeurée, Marjorie trébuche sur un morceau de glace qu'elle n'avait pas vu BLAM ! et tombe sur le derrière. Tu tentes de l'attraper, mais tu n'as pas été assez vite. Elle glisse sur le dos tout droit sur une tombe ouverte. Jean-Christophe se jette à plat ventre et fonce vers elle. Ils s'engouffrent tous les deux dans le trou, qui se recouvre de neige aussitôt par une avalanche imprévue.

Au moment où tu t'apprêtes à dévaler la pente en catastrophe pour leur venir en aide, le mauvais homme de neige attrape ton chandail et te tire vers lui. Sa bouche est ouverte. Il va te mordre avec ses dents de glace…

55

La montagne enneigée s'élève très haut devant vous. Tu souffles dans tes mains, car il fait très froid de l'autre côté de la porte. Vous êtes tous les trois étonnés en apercevant le cimetière aux pierres tombales fabriquées dans la glace. Qui peut bien être enterré ici, sous la neige ?

Examine bien ce curieux cimetière et ensuite rends-toi au chapitre 77.

56

Tu décroches une petite tête…

Tu n'as pas le temps de te rendre jusqu'à la porte que tu sens deux petites canines s'enfoncer dans la paume de ta main, OUCH !

Tu lances la tête au loin. La morsure de la tête de poupée a les mêmes effets que ceux d'un serpent à sonnette. Tu commences à entendre des cloches d'église. Ta main te fait horriblement mal. Avec Marjorie et Jean-Christophe, vous retournez à l'entrée du labyrinthe de Cyclopeville pour ensuite vous diriger vers Sombreville.

À pied, c'est pas mal long, et il commence à faire vraiment noir sur cette petite route de campagne.

Tu te sens soudain changé. Tu regardes le cou de Marjorie. Son sang a l'air pas mal délicieux. Tu la mords, juste un petit peu sans que ton ami Jean-Christophe s'en rende compte. Plus loin, Marjorie et toi sautez tous les deux sur lui… C'EST À SON TOUR !

Vous arrivez enfin à Sombreville après toute une nuit de marche. Il était temps, car le soleil allait se lever. Parce qu'il fait noir là-dedans, vous vous couchez tous les trois dans les égouts de la ville… JUSQU'À VOTRE PREMIÈRE NUIT DE CHASSE !

FIN

57

Tu pousses la pierre…

Pendant quelques secondes, rien ne se passe, puis les quatre murs descendent tranquillement et s'enfoncent sous terre. Autour de vous, la voie est libre jusqu'au château-industrie. Vous courez dans sa direction. À peine à quelques mètres de votre destination, un grondement tel le bruit du tonnerre résonne **BRRRRRRRRRRR** ! D'autres murs s'élèvent du sol. Vous voilà encore enfermés dans le labyrinthe…

Désespérés, vous courez sans regarder où vous allez dans ce nouveau dédale de couloirs. À bout de souffle, tu t'arrêtes. Les deux mains posées sur les genoux, tu réfléchis.

« LES PIERRES ! » penses-tu lorsque tes deux amis arrivent derrière toi. Il faut trouver les trois pierres-poussoir et faire un autre essai. Mais le labyrinthe est constitué de millions de pierres. Ça pourrait être très long avant de les trouver… TROP TROP LONG !

58

ZIOUP ! RATÉ…

Tu viens de déclencher une avalanche ! Un gros tas de neige dévale très vite la pente de la montagne en grondant **GRRRRRRRRR !** Derrière toi, le mauvais homme de neige disparaît, enseveli par les tonnes de neige…

Tu donnes des coups avec tes mains dans la neige comme si tu pagayais sur l'eau. Tu réussis à prendre un peu de vitesse, mais les tonnes de neige folle arrivent sur toi. Tu ne vois plus rien, il fait froid.. ET TRÈS NOIR !

Quelqu'un vient à ton secours, car tu vois des mitaines et des gants qui creusent et enlèvent la neige. Mais qui sont ces messieurs en vêtements argentés ?

« NOUS AVONS TROUVÉ UN DE NOS ANCÊTRES! hurle très fort l'un d'eux. WOW ! ce spécimen est en parfaite condition.

— EXCELLENT ! se réjouit un autre. Trois millions d'années emprisonné sous les glaces, et pas une seule égratignure. C'est le plus beau spécimen de l'espèce humaine de l'an 2000 que nous avons trouvé. Emportez-le dans le labo du Zood'homme. Avec les autres, l'homme de Cro-Magnon et celui de Neandertal, ILS VONT ATTIRER LES FOULES DU MONDE ENTIER ! »

FiN

59

Tu as sélectionné ce levier tu ne sais pas trop pourquoi. Ton intuition peut-être…

Marjorie t'explique le fonctionnement de sa zappette, qui est simple à utiliser…

« Tu vises et tu appuies sur n'importe quel bouton ! te révèle-t-elle en souriant. C'est très facile. »

Tu pointes la zappette en direction de ta cible. Les deux leviers placés sur le mur sont pas mal près l'un de l'autre. Si tu ne vises pas correctement, tu risques d'atteindre l'autre. Elle aurait dû munir son invention d'une lunette de visée. Là, ça aurait été plus facile.

Tu presses un bouton et **ZIOUP** ! Vas-tu réussir à atteindre le levier que tu avais choisi ? Pour le savoir…

TOURNE LES PAGES DU DESTIN ET VISE BIEN…

Si tu réussis à l'atteindre, rends-toi au chapitre 23.
Si cependant tu l'as complètement raté, va au chapitre 81.

Surpris, vous vous regardez tous les trois…

« Marjorie ! ouvre-la… » fait Jean-Christophe devant la porte.

Et la porte se referme, **BLAM** !

« Ferme, ouvre, ferme, ouvre, ferme, répète Marjorie. C'est une porte à contradiction : elle fait le contraire de ce qu'on lui demande.

— Tout comme toi, lui dit son frère.

— PFOU ! » fait-elle, pas du tout touchée par le commentaire de son frère.

Le vacarme de la porte qui s'ouvre et se referme a alerté l'hôte du château. Il se tient sur le seuil de la porte : c'est un effroyable cyclope. Vous sursautez !

« QU'EST-CE QUE C'EST QUE CE BOUCAN ! demande-t-il de sa grosse voix intimidante.

— Nous sommes venus vendre des tablettes de chocolat, invente Marjorie. Pour amasser des fonds pour une sortie avec notre classe. Nous sollicitons votre générosité et…

— MON ŒIL ! hurle le cyclope. Vous me prenez pour un idiot ? »

Allez au chapitre 84.

Le mur ne s'ouvre malheureusement pas. Vous cherchez une autre façon de sortir. Plus vous marchez entre les murs du labyrinthe, et plus il rétrécit. Au bout de seulement quelques minutes de marche, il n'y a plus de couloir devant vous, mais seulement quatre murs qui vous entourent...

Le mur de métal et de pierre est beaucoup trop haut, et même en jouant les équilibristes du cirque, vous ne parviendriez pas à atteindre le sommet. Creuser le sol avec vos mains ? Ça prendrait des semaines et, en plus, il y aurait de fortes chances de tomber sur le cercueil d'un zombie affamé de cerveau humain.

Tu étudies attentivement chacun des murs qui vous entourent. Toutes ces pierres sont parfaitement normales. Se sont des roches bien ordinaires ramassées dans une carrière voisine il y a de cela très longtemps. Cependant, il y en a trois qui ont une forme assez particulière. En fait, elles semblent avoir été plutôt... SCULPTÉES DE MAIN DE MONSTRE !

INTÉRESSANT ! Allez au chapitre 102.

Accrochée au mur telle une araignée gigantesque, une créature immonde pourlèche ses horribles babines poilues et te regarde… AVEC APPÉTIT !

Tu pointes la zappette dans sa direction et tu appuies sur n'importe quel bouton. Vas-tu réussir à l'atteindre ? Pour le savoir…

TOURNE LES PAGES DU DESTIN ET VISE BIEN…

Si tu réussis à l'atteindre, rends-toi au chapitre 47.
Si par contre tu l'as complètement ratée, va alors au chapitre 17.

63

BLAM! Sur le derrière…

Tu essaies de te relever, mais tu en es incapable. Tu tournoies et zigzagues jusqu'à ce que tu frappes de plein fouet une grosse pierre tombale, BANG! Étourdi, tu essaies de te relever, mais tu retombes dans la neige. Le MAUVAIS HOMME de neige t'emprisonne entre ses bras de neige compactée et t'entraîne jusqu'à une tombe ouverte près d'une pierre tombale qui ne porte pas encore de nom. Tu te doutes bien que cet endroit de repos glacial et éternel a été creusé juste pour toi…

Il te jette dans le trou et, avec son balai, il pousse la neige et t'enterre complètement. Tes mains sont en train de geler. Tu grattes la neige pour remonter à la surface, mais tu te butes à une couche de glace très épaisse qui stoppe ta progression.

Tu as très froid. Tu ne sens plus tes doigts, tes mains, tes pieds, tes…

FIN

64

ZIOUP ! Raté…

Tu presses un autre bouton. RIEN ! Les piles sont à plat.

Vous courez en direction de la forêt. Derrière, le cyclope s'est enfermé dans son château-industrie. Pourquoi ne s'est-il pas lancé à votre poursuite ? Mystère…

Appuyés sur un arbre, vous reprenez votre souffle. Tu remarques soudain que le gros œil du rocher en forme de tête de cyclope est pointé directement sur toi. Tu te déplaces entre les arbres, et il te suit avec précision et insistance. Voilà avec quoi il nous épiait… CE GROS ŒIL !

D'une souche vide provient un bruit étrange.

CLIC ! CLIC ! CLIC !

Est-ce l'entrée secrète du château-industrie ?

Vous vous en approchez au chapitre 51.

65

On dirait que ce mauvais homme de neige aux traits méchants a été fabriqué uniquement pour effrayer et faire fuir les indésirables. En tout cas, ça marche avec toi, car t'as vraiment le goût de foutre le camp de cet endroit, et au plus vite.

Ceux qui l'ont fabriqué doivent certainement s'adonner à des rituels de magie, car il est d'une couleur qui vous est totalement inconnue. Un mélange de blanc, noir et rouge, enfin quelque chose du genre…

Par contre, de l'endroit où vous êtes, la vue est imprenable, mais il n'y a toujours pas âme qui vive dans les alentours. Plus personne ne semble habiter cette ville. On dirait une ville-fantôme…

Bon, maintenant, vous savez que vous êtes, encore une fois, laissés à vous-mêmes. BAH ! ce n'est pas bien grave, vous en avez vu d'autres.

Au moment où vous vous apprêtez à redescendre, un petit bruit à peine audible survient, CRRRR ! Vous vous retournez vers le mauvais homme de neige…

… au chapitre 104 !

66

Vous devez escalader le métal glissant de plusieurs soucoupes accidentées avant d'atteindre l'écoutille ouverte. Bon, à l'intérieur, il semble n'y avoir personne, ou si tu préfères… AUCUN MARTIEN !

Cet ovni semble être en vie, car les couloirs circulaires sont comme mous et gluants. Tu jurerais que vous venez de pénétrer dans les entrailles d'une créature abominable. Une brise odorante pénètre et puis sort du vaisseau telle une respiration régulière. Si ce vaisseau est vivant, il dort en ce moment ou il est dans une sorte d'état d'hibernation…

Il y a sur les murs mous des pancartes sur lesquelles sont gravées des directions. Impossible de lire cette écriture qui semble avoir été écrite à l'envers.

Sur une grande porte coulissante se trouve le signe intergalactique des jeux vidéo… UNE MANETTE ! C'est la salle de divertissement. Tu appuies sur un gros bouton bleu, et la porte s'ouvre. SHHHH !

Vous entrez par le chapitre 72.

67

Vous ramez comme ça doucement, admirant le paysage splendide. Tu te sens tout à coup comme aspiré vers l'arrière de la chaloupe.

« POURQUOI MOI ET PAS VOUS AUSSI ? » demandes-tu à tes amis qui, eux, ne bougent pas d'un centimètre sur leur banc.

Tu te sens de plus en plus aspiré vers l'arrière. Tu t'agrippes du mieux que tu le peux, mais tu glisses toujours. Jean-Christophe t'attrape par un bras et t'arrête. Tu deviens de plus en plus lourd, très lourd même. Jean-Christophe ne pourra tenir très longtemps. Tu fais une prière à voix basse, car tu sens ses mains glisser sur les tiennes.

Marjorie plonge sa main dans l'eau du lac et t'apporte à boire. Tu bois le peu d'eau que sa petite main contient et tout de suite tu en ressens les effets. OUF ! Tu te rassois dans la chaloupe. L'effet se dissipe assez vite. Il faut boire l'eau du lac souvent, si vous ne voulez pas vous écraser au pied de la montagne verticale...

Après vous être abreuvés tous les trois convenablement, vous ramez jusqu'au chapitre 15.

68

Des nageoires dorsales se mettent à tournoyer autour de vous. DES REQUINS ? NON ! On dirait de gentils dauphins. Ils vous poussent loin de la cascade mortelle qui vous entraînait tous les trois vers un tragique destin.

Autour de vous, tout se calme. Vous vous laissez emporter par vos nouveaux amis. Les dauphins nagent vers la rive. Enfin la terre ferme ! Cependant, arrivés près du bord de l'eau, ils tournent et pénètrent dans une lugubre caverne à demi submergée. Qu'est-ce qui se passe ?

Au fond de la grotte, vous découvrez que vos sauveteurs sont en fait des créatures mi-femme, mi-requin-scie... DES SCIRÈNES !

Tu t'écartes juste à temps lorsque l'une d'elles allait te tailler en deux avec son long nez tranchant. Marjorie et Jean-Christophe sont sortis de l'eau et ont réussi, eux, à trouver une galerie. Ils aperçoivent de la lumière tout au bout... LE SOLEIL !

Trois scirènes t'entourent. À grands coups de bras et de pieds dans l'eau, tu finis par regagner la rive. Tes amis te sortent de l'eau, et vous vous engouffrez dans la galerie. Derrière vous, une scirène se met à chanter de façon très délicieuse. Jean-Christophe est comme hypnotisé. Il s'arrête. Vous l'empoignez tous les deux et vous retournez...

... au chapitre 4.

Des murs vides qui grésillent comme des écrans.

Bon ! Parfait… L'holo-scène vient de terminer sa routine. Le temps du jeu est écoulé. Tu presses tout de suite le levier d'ouverture des portes, et vous sortez.

Avant de quitter le vaisseau spatial, Marjorie voudrait vous faire part d'une bien drôle de requête. Elle insiste pour voir non pas le poste de commande, mais les toilettes de ce vaisseau.

« Un poste de commande, lorsque vous en avez vu un, vous les avez tous vus, insiste-t-elle. C'est comme dans les avions de ligne, ils se ressemblent tous. La salle de bains, par contre, je n'en ai jamais visitée ! Avouez que vous non plus ! »

Marjorie a un point ! Et puis, sachant comme elle est, vous êtes bien mieux d'accéder à sa requête sinon, elle vous le fera payer très cher. C'est qu'elle est très rancunière, la Marjorie…

Vous explorez chaque couloir de la soucoupe volante jusqu'à ce que vous ayez trouvé, au chapitre 91… LES TOILETTES MARTIENNES !

Tu avances entre les pierres tombales de glace jusqu'à ce que cette main de glace, que tu n'as pas vue… T'AT-TRAPE UNE JAMBE !

Paralysé par la peur, tu ne peux pas bouger un seul muscle pour tenter de t'enfuir. De la tombe voisine, une grosse tête poilue émerge de la neige. Ce monstre, qui lentement se réveille, est le légendaire abominable homme des neiges. Il est gigantesque ; une fois sur ses jambes, il te dépasse de deux mètres. Il se met à grogner en t'apercevant.

GRRRRRRR ! GRRRR !

Il fait très froid, mais toi, tu as terriblement chaud. L'abominable homme des neiges te saisit et t'emporte sous son bras comme un fétu de paille jusqu'à sa grotte secrète loin dans les montagnes.

Dans une galerie, tu aperçois des dizaines de grands blocs de glace dans lesquels sont pétrifiés des femmes, des hommes et même des animaux de la forêt. Il te dépose dans un grand bassin vide et fait couler de l'eau. Tu trembles de peur et de froid parce que dans quelques heures… TU FERAS PARTIE DE SA COLLECTION DE GLAÇONS !

71

Ce cyclope n'a qu'un œil, mais il a une vision parfaite… IL VOUS A VUS !

Il tire tout de suite un levier, et, sous vos pieds, un tapis roulant vous rapproche de la chaudière. Il actionne un autre levier, et la grande porte de métal de la chaudière s'ouvre. Vous courez dans la direction opposée. Le cyclope augmente la vitesse du tapis. Vous ne parvenez pas à maintenir le rythme et vous vous rapprochez des flammes. Tu sens la chaleur qui te chauffe la nuque.

Vous vous jetez tous les trois par terre. Sur le dos, les deux pieds appuyés sur la chaudière, vous résistez. La semelle de tes espadrilles commence à fondre sur le métal. Les orteils te font mal. Soudain, CRAC ! BRRRRRRRRR ! Le tapis s'arrête. Marjorie vient de bousiller le tapis roulant en bloquant le mécanisme avec son sac à dos. Vous vous relevez. Le cyclope presse un bouton, et une grande cage descend du plafond BLAM ! et vous emprisonne.

Qui est-ce qui approche de vous à pas pesants et avec une lueur gourmande dans les yeux ?

Au chapitre 33.

La porte se referme derrière vous et disparaît. Qu'est-ce qui se passe ?

« DU CALME ! vous ordonne Jean-Christophe. C'est une holo-scène. Une salle holographique créée pour le divertissement ou pour les entraînements intensifs. Rien n'est vrai ici.

— Est-ce que nous courons de grands risques ? demande Marjorie, tout de même un peu inquiète.

— Ça dépend en quel mode nous sommes, explique Jean-Christophe. Il y a le mode amusement et le mode réel.

— Comment fait-on pour savoir si cet endroit est dangereux ? demandes-tu à ton tour.

— Facile ! » fait-il en saisissant entre deux doigts une fleur pourvue d'épines comme une rose terrestre.

Une goutte de sang se met à couler le long de son index...

« Ça répond à votre question », gémit-il en vous montrant son doigt ensanglanté.

Vous vous rendez au chapitre 80.

73

Vous sautez tous les trois dans des scaphandres blindés. À l'intérieur, des voyants lumineux clignotent. Vos scaphandres sont en parfait état de marche. Tu appuies sur le petit clavier. Le petit écran t'apprend que le blindage quadruple est à cent pour cent fonctionnel et efficace. SUPER !

Le monstre enlève le dernier débris qui le séparait de vous et il t'attrape entre sa mâchoire énorme tel un tyrannosaure de l'ère jurassique. Avec ses énormes dents, il essaie d'écrabouiller et de percer ton scaphandre qui, heureusement pour toi, tient le coup.

Incapable de t'atteindre, le monstre rugit et abandonne. Il ouvre sa grande bouche et te laisse tomber sur le sol, BLAM ! Ça fait mal, mais au moins tu es toujours en vie.

Tes amis accourent vers toi. Comme tu ne peux communiquer que par des signes, tu te frottes le front avec le revers de la main pour leur montrer que vous l'avez échappé belle.

Enlevez ces très lourds scaphandres et rendez-vous au chapitre 96.

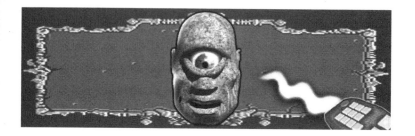

74

Comment ouvrir cette porte maintenant ? Vous cherchez tout autour un levier ou un quelconque mécanisme, mais il n'y en a pas. Il y a cependant trois têtes de poupée accrochées à un arbre juste devant la porte. Une de ces têtes, lorsque remise sur le corps de la poupée, fera ouvrir la porte. Suffit de savoir maintenant laquelle est-ce...

Rends-toi au chapitre inscrit près de la tête de la poupée que tu crois être la clé...

Vous sautez avec adresse d'un monticule à l'autre pour finalement atteindre le panneau de commande de l'holo-scène. Tu pitonnes sur quelques boutons puis, autour de vous, le paysage grandiose de la vallée entourée de montagnes fait place à une discothèque intergalactique bondée d'extraterrestres venus de tous les coins de la galaxie... POUR DANSER !

La musique atteint presque cent millions de décibels. Pour mieux comprendre : c'est la totalité des sons de toutes les planètes dans toutes les nébuleuses... PRODUITS EN MÊME TEMPS ! Vous allez tous les trois devenir sourds si tu ne changes pas le thème de l'holo-scène.

Tu presses vite un autre bouton. La discothèque disparaît pour faire place à un bord de mer paisible. Le ciel est bleu, et des vagues déferlent sur le beau sable de la plage. De la mer... UN GIGANTESQUE MONSTRE TENTA-CULAIRE SE JETTE SUR VOUS ! Tu pitonnes vite sur le panneau, et le monstre s'efface juste à temps...

Apparaît à sa place, devant vous, le chapitre 69.

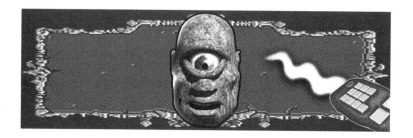

76

DOMMAGE ! Elle est verrouillée de l'intérieur…

Impatiente, Marjorie se met à marteler de coups de poing la coupole.

« TU VAS FINIR PAR T'OUVRIR, SALETÉ DE SOUCOUPE ! » hurle-t-elle, presque hystérique.

Lorsque tu t'apprêtes à l'arrêter, le mécanisme d'ouverture de la coupole se fait entendre.

CRIC ! BRRRRRRRRRRRR !

Tu es contre la violence, mais si c'est ce qu'il faut pour faire ouvrir cette soucoupe volante, eh bien, ces martiens ne sont certainement pas aussi évolués que tu pensais…

Vous reculez tous les trois. La coupole se soulève très légèrement, et de la vapeur rouge chuinte de l'ouverture.

CHUIIIIIIIIIIII !

La coupole continue de se soulever graduellement jusqu'à ce qu'elle soit complètement ouverte. La vapeur finit par se dissiper.

Vous vous penchez tous les trois dans l'ouverture au chapitre 46.

Au moment où vous vous apprêtez à traverser le cimetière, tu t'arrêtes, car tu as comme l'impression que quelque chose a bougé...

Regarde bien chaque tombe et chaque pierre tombale. Si tu
crois que quelque chose a bougé, rends-toi au chapitre 24.

Si tu penses que tu t'es trompé et que rien n'a bougé, alors
va au chapitre 70.

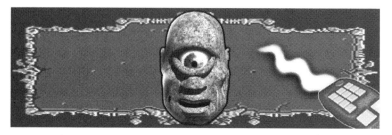

78

Il se retourne vers ses cadrans et leviers afin de poursuivre son travail. PAUVRE CYCLOPE ! Il n'a qu'un œil et il ne voit pas très bien avec…

« Est-ce qu'elles sont moins dispendieuses, les lunettes de soleil pour cyclope ? te demande Marjorie tout bas. Parce qu'il n'a qu'un seul œil et vu que…

— Ce n'est pas le temps de dire des conneries, la gronde son frère. Tais-toi ! »

À reculons, vous rebroussez chemin. Sur une porte, il y a comme un gros éclair. C'est la chambre électrique où se trouve le panneau de distribution de l'électricité du château. Tu regardes Jean-Christophe, qui te regarde lui aussi, car vous venez tous les deux d'avoir la même idée géniale.

Vous ouvrez la porte lentement. Il n'y a personne ! Vous entrez. Un gigantesque panneau est vissé au mur. Vous ouvrez la porte. Il y a des centaines de fusibles. Vous les enlevez tous et vous les mettez dans le sac à dos de Marjorie. Sans fusible, le château-industrie est comme… MORT !

En effet, le grondement des machines s'est tu. Vous avez réussi, mais il fait noir en titi maintenant. À tâtons, vous parvenez à atteindre la sortie pour ensuite…

… vous rendre au chapitre 4, afin de choisir une autre voie.

74

Parmi toutes ces soucoupes volantes accidentées et rouillées, il y en a une qui vous semble en parfait état de fonctionner. C'est comme si elle avait atterri ici il y a quelques heures à peine.

Vous l'examinez sous tous ses angles.

« Vous croyez qu'il y a une porte sur cet engin ? s'impatiente Marjorie. Je ne vois pas de hublot, ni de contour d'écoutille, et ça fait trois fois que je fais le tour… »

Tu jettes un coup d'œil attentif à la coupole qui recouvre le poste de commande. Tu remarques qu'il y a le dessin d'une main…

« J'AI TROUVÉ ! t'exclames-tu. La porte, c'est la coupole. Elle va s'ouvrir comme un œuf lorsque je vais mettre ma main sur cette image.

Tu déposes la main sur la coupole. Va-t-elle s'ouvrir ? Pour le savoir…

TOURNE LES PAGES DU DESTIN.

Si elle s'ouvre, pénétrez dans la soucoupe au chapitre 40.
Si elle est malheureusement verrouillée de l'intérieur, allez au chapitre 76.

80

C'est un paysage très hostile qui s'étale sous vos yeux. Pour sortir d'ici, vous devrez sauter par-dessus toutes ces gorges et vous rendre au tableau de commande de l'holo-scène. Quelle voie allez-vous emprunter ?

Rendez-vous au chapitre inscrit sur le chemin que vous voulez emprunter...

ZIOUP ! RATÉ...

La zappette vient de faire un trou haut dans le mur, faisant du même coup disparaître les deux leviers. ZUT DE ZUT ! Vous ne pouvez plus sortir par ici maintenant...

Vous cherchez une autre solution. Quelques très sinueux couloirs plus loin, vous arrivez à un cimetière depuis longtemps oublié. Les pierres tombales sont fissurées et tiennent à peine debout. L'une d'elles, cependant, a l'air toute neuve. Elle ne porte aucune inscription. Vous vous approchez. À qui est-elle destinée ?

Vos pieds s'enfoncent dans le sol... DES SABLES MOUVANTS ? Non ! Juste votre tombe...

Vous calez tous les trois. Le sable t'arrive à la taille lorsque tu aperçois des lettres. Finalement, les noms se forment sur la pierre tombale... CE SONT LES VÔTRES !

Enfoncez-vous sous terre jusqu'au chapitre 32.

PLOUCH ! PLOUCH ! tes deux amis qui étaient debout sur la surface du lac viennent de s'enfoncer dans l'eau profonde. Tu les attrapes par les cheveux et tu les tires tous les deux dans la barque.

« Quelqu'un pratique la sorcellerie par ici ! s'exclame Marjorie, toute mouillée. J'crois qu'il faut garder l'œil bien ouvert. »

Elle a raison. De la sorcellerie ou de la magie, peu importe. En tout cas, vaut mieux ne pas se frotter à ceux qui peuvent transformer l'eau d'un lac en verre…

Vous ramez afin d'explorer ce curieux lac vertical. L'eau du lac commence vraiment à s'agiter. Sagit-il des éléments qui se déchaînent ou est-ce qu'un grand monstre marin rôde autour de vous ? Tu n'oses pas te pencher pour regarder dans l'eau, de peur d'être happé par une mâchoire gigantesque. Vous guidez votre barque avec difficulté vers la silhouette lugubre d'un vieux voilier échoué sur le haut fond...

... au chapitre 92.

83

Une meute frénétique de gnomes en soutanes rouges surgit de partout et vous entoure. Impossible de vous enfuir. Comment peux-tu les convaincre de vos bonnes intentions avec… LE RUBIS SACRÉ DANS TA MAIN ?

Ils vous saisissent et vous attachent tous les trois sur la stèle avec de grosses cordes poisseuses. Ensuite, le grand prêtre et tous ses disciples disparaissent. Un bruit de chaînes se fait entendre, et une grande porte cloutée s'ouvre. De derrière elle proviennent de terribles rugissements,

GROUUUUUU ! GRAAAAAAUUU !

Un cyclope affamé arrive vers vous avec des dents comme des poignards. Tu jettes des regards affolés partout autour de toi… PERSONNE NE VA VOUS DÉLIVRER !

84

Vous faites tous les trois un pas en arrière.

« Je sais parfaitement qui vous êtes, poursuit-il. Depuis que vous avez mis les pieds dans ma ville, j'ai l'œil sur vous. VOUS ÊTES MES PRISONNIERS ! VOUS DEVIENDREZ MES ESCLAVES ! »

Marjorie fouille dans son sac à dos et saisit sa fameuse zappette. Tu lui arraches des mains, car tu as, toi, la dextérité et la précision d'un tireur d'élite. Le cyclope avance vers vous à pas pesants en se martelant la poitrine comme un gorille.

BOUM ! BOUM ! BOUM !

Tu pointes la zappette vers lui. Vas-tu réussir à l'atteindre ? Pour le savoir…

… TOURNE LES PAGES DU DESTIN ET VISE BIEN.

Si tu réussis à l'atteindre, rends-toi au chapitre 27.
Si par contre tu l'as complètement raté, va au chapitre 64, et attends-toi au pire.

Si tu réussis à atteindre un de ces leviers avec la zappette de Marjorie, le mur du labyrinthe pivotera, vous ouvrant ainsi une voie jusqu'à la tête de cyclope. Sur lequel vas-tu tirer ?

Rends-toi au chapitre inscrit près du levier que tu veux tenter... DE ZAPPER !

86

Tu attrapes la tête qui, selon toi, ouvrira la porte, et tu la déposes sur le corps de chiffon de la poupée. Des mots résonnent dans votre tête. La poupée vous parle sans bouger les lèvres…

« GRAMOU BER TOM ! commence-t-elle. RINO POIR DERT ET BRAM… »

Vous vous regardez tous les trois en haussant les épaules en signe d'incompréhension. La poupée continue de parler sans arrêt. Vous vous demandez s'il ne s'agit pas d'une incantation d'un quelconque sortilège, mais aucun changement ne s'opère en vous.

« VRAC TRE SAC, poursuit toujours la poupée. GRE GRE NUL. »

Vous lui enlevez sa tête laide, car vous commencez à avoir un sérieux mal de bloc. Les paroles de la poupée viennent toujours à votre esprit. Vous vous éloignez en courant. Rien à faire, ces mots reviennent sans cesse dans votre tête.

Vous finissez par retourner, après une très très longue marche, chez vous, à Sombreville. La voix de la poupée ne s'arrête pas dans votre tête et ne s'arrêtera pas avant que vous ne soyez tous les trois.. DEVENUS FOUS !

87

Vous escaladez difficilement jusqu'à l'écoutille les coques faites de métal brillant. Tu écoutes attentivement avant de plonger la tête dans l'ouverture.

« Euh ! j'crois qu'il n'y a personne ! » dis-tu à tes amis sans trop de certitude.

Un passage rond vous amène jusqu'au poste de pilotage où, assis dans un fauteuil de commande, se trouve encore le squelette d'un extraterrestre. Sa tête est énorme. Dans les grands orbites où étaient ses yeux, tu pourrais loger une balle de base-ball. Marjorie tripote quelques boutons sur une console qui semble dépourvue de toute énergie. Finalement, une petite lumière se met à clignoter pour vous indiquer que la salle des transporteurs est encore fonctionnelle. Pour vous y rendre, vous suivez les indications.

L'endroit est éclairé par une grosse boule bleue. Par terre, il y a de grandes spirales rouges comme celles que l'on retrouve sur une cuisinière. Est-ce que c'est chaud ? NON ! Vous y posez tous les trois les pieds et vous êtes aussitôt téléportés…

… au chapitre 45.

88

Comme c'est curieux ! Tu ne sens plus de pression sous tes doigts. C'est comme si tu étais léger... TRÈS LÉGER ! Tu te lèves debout, sur le bord du lac. Comme par miracle... TU MARCHES À LA VERTICALE ! Tes amis boivent une bonne rasade et vont te rejoindre... Assis tous les trois dans la chaloupe, vous ramez jusqu'à un endroit où le lac se sépare en deux.

Rends-toi au chapitre indiqué sur la partie du lac que tu désires explorer...

Tu pousses la pierre-poussoir...

CHRRRRRRR !

Le mur directement en face de vous descend et s'enfonce dans le sol. Un très long couloir vient de se former jusqu'à l'entrée du château-industrie.

Vous vous tapez tous les trois dans les mains **CLAP !** **CLAP ! CLAP !** en signe de victoire...

Vous décampez à toute vitesse comme des bolides de course. Devant le château-industrie, vous êtes accueillis par une solide porte sans poignée ni serrure. C'est peut-être une porte magique à ouverture vocale. Marjorie se place devant la porte, croise les bras et commence :

« Sésame ! ouvre-toi... »

Tu souris.

Elle essaie autre chose.

« Graine de sésame, ouvre-toi ! Cacahouète, ouvre-toi ! Arachide, ouvre-toi ! Noix de Grenoble, ouvre-toi... »

« MARJORIE ! ferme-la... » finit par s'impatienter son frère.

Devant vous... LA PORTE S'OUVRE !

Allez au chapitre 60.

40

Très lentement, en ne quittant pas l'arche du coin de l'œil, vous franchissez son seuil. De l'autre côté, il y a une grande chute qui gronde...

GRRRRRRRRRRRR !

Vous tentez de revenir en arrière, mais il y a comme un très fort courant qui vous entraîne vers elle. Vous ramez comme des fous en direction de la rive. Tu remarques soudain que ce sont en fait les chutes qui s'approchent de vous. Le lac va bientôt retrouver son attraction normale et redevenir... HORIZONTAL !

Les chutes se rapprochent très rapidement. Vous vous jetez tous les trois à l'eau pour essayer de gagner la rive à la nage. La chaloupe pivote et tombe dans le torrent de la chute, qui a plus de cent mètres de haut. Ensuite, arrive votre tour. Marjorie s'agrippe à son frère, qui tombe tout comme toi dans l'abîme.

Vous ne voyez plus rien. Autour de vous, il n'y a que des millions de litres d'eau déchaînés.

Sortez la tête de l'eau au chapitre 68.

41

Parfait, elle est inoccupée…

« Je te préviens Marjorie, l'avertis-tu en ouvrant la porte légèrement. Si ça sent moindrement mauvais là-dedans, nous faisons demi-tour et nous sortons. Moi, le caca des extraterrestres, ça ne m'intéresse vraiment pas… »

Tu ouvres la porte complètement d'un coup sec. Vous entrez et remarquez qu'ils ont eux aussi un lavabo. Enfin, ça ressemble à un lavabo : c'est un truc bizarre dans lequel il faut introduire nos mains dans des orifices. Là, elles sont nettoyées automatiquement par jet d'eau. La douche, elle, est une grosse boule de verre dans laquelle on entre comme dans une machine à laver. Bon, voici… LA TOILETTE !

Tout ce qu'on peut dire, c'est qu'elle est énorme. Ils ont de bien gros derrières, ces extraterrestres martiens. Marjorie s'approche lentement du siège de la toilette pour soulever le couvercle. AH NON ! Vous l'arrêtez parce que là, ça suffit. Vous en avez plus qu'assez.

Vous la traînez de force jusqu'au chapitre 4 afin de poursuivre votre aventure…

42

Soudain, une violente vague projette votre barque contre un rocher. L'eau s'infiltre de partout… ELLE VA COULER ! Vous vous jetez dans les flots bouillonnants pour vous accrocher à l'épave du grand bateau.

Sur le pont du voilier, vous parvenez à la cabine du capitaine verrouillée par un énorme cadenas. Jamais rien vu d'aussi gigantesque…

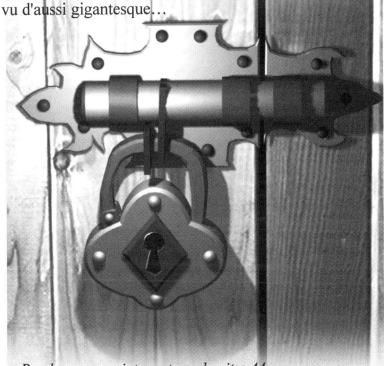

Rendez-vous maintenant au chapitre 44.

43

La porte de bois de l'ascenseur glisse et s'ouvre, **CRIIIII** ! Derrière elle, vous découvrez l'immense globe oculaire du cyclope de pierre. À quelques reprises, dans un roulement tel un tonnerre, **BRRRRRRR** ! il tourne sur lui-même et se déplace comme pour observer dans une autre direction. T'AVAIS BIEN RAISON ! Cet œil avait bel et bien bougé lorsque vous étiez dans le labyrinthe.

Tu es un peu effrayé, et avec raison. Se pourrait-il qu'il y ait quelqu'un à l'intérieur qui contrôle ses mouvements ?

Jean-Christophe colle une oreille sur la porte sans poignée pour écouter. L'œil fait un 360 rapide et propulse ton ami violemment par terre. Trois planches de la mezzanine se brisent, **CRAC! CRAAC! CRAAAC!** et ton ami se retrouve une main accrochée à une solive, les deux pieds suspendus dans le vide. Vous vous précipitez vers lui pour le prendre par le bras. Ensemble, vous le hissez afin qu'il soit hors de danger. En bas, comme des pics mortels, les planches brisées attendaient... DE LE TRANSPER-CER !

Vous soufflez un peu tous les trois avant de vous rendre au chapitre 95.

44

… UNE CHAUDIÈRE ÉNORME !

Des flammes jaillissent par ses trous d'aération. Il fait vraiment chaud ici, et une odeur de plastique brûlé vous agresse le nez. Ce n'est pas de la récupération qu'on fait ici. Il est clair que quelqu'un détruit et brûle les jouets volés aux enfants…

Vous sentez tout à coup une présence. Tout au fond de la grande pièce, il y a une espèce d'homme bossu qui actionne des leviers et fait la lecture des cadrans de toute cette machinerie destructrice. Il se retourne dans votre direction. Sa dentition proéminente, sa corne sur le dessus de la tête et son œil unique ne mentent pas sur son identité… C'EST UN CYCLOPE ! Va-t-il vous apercevoir ? Pour le savoir…

TOURNE LES PAGES DU DESTIN…

S'il vous a vus, essayez de vous enfuir par le chapitre 71. Si par contre il ne vous a pas aperçus, fuyez en douce par le chapitre 78.

Il s'agit d'ouvrir maintenant la porte sans se faire blesser. Observe bien cette image et peut-être pourras-tu percer son mystère…

Si tu penses que tu devrais faire un simple clin d'œil devant la porte pour qu'elle s'ouvre, rends-toi au chapitre 100.

Si tu crois plutôt que vous n'avez qu'à fermer les deux yeux pour qu'elle s'ouvre, allez alors au chapitre 8.

46

Vous examinez avec un grand intérêt ce cimetière de soucoupes volantes. Dire qu'il y a encore sur terre des gens qui ne croient pas du tout aux petits bonshommes verts. Que diraient-ils s'ils voyaient ce tas de vaisseaux spatiaux venus des confins de la galaxie ? Il y aurait encore d'éternels incrédules qui chercheraient sur ces engins l'inscription : MADE IN JAPAN.

Marjorie prend une photo avec son appareil. **CLIC** !

« Les journaux vont vouloir m'acheter à prix d'or cette photo, se réjouit-elle.

— Seulement si ton appareil ne tombe pas entre les mains du gouvernement, poursuis-tu. Ouais ! Savais-tu que toute photo d'un ovni est automatiquement envoyée, par ceux qui développent les négatifs, à un bureau secret chargé de les saisir et de les stocker dans un dossier placé dans un entrepôt à très haute surveillance ? »

Marjorie, toute dépitée, regarde son appareil-photo…

Allez maintenant au chapitre 79.

47

Pour monter, Marjorie tente de s'agripper aux brins d'herbe et aux petits arbustes, mais rien à faire. Tu voudrais bien rebrousser chemin et aller explorer une autre partie de Cyclopeville, mais c'est plus fort que toi. Tu veux absolument savoir pourquoi l'eau de ce lac reste à la verticale. Cette aberration de la nature a vraiment piqué ta curiosité...

Faire la courte échelle ? BAH ! Ça ne marcherait pas ! Tous les trois un par-dessus l'autre, comme des équilibristes d'un cirque ? Non plus, c'est beaucoup trop haut, et puis vous risqueriez de tomber et de vous péter la gueule. Il faut trouver autre chose...

Vous examinez les alentours. Y a peut-être un passage secret ou quelque chose d'autre ? OUI ! Il y a une échelle faite de lianes cachée dans l'herbe haute. Allez-vous l'apercevoir ? Pour le savoir...

TOURNE LES PAGES DU DESTIN...

Si vous l'avez aperçue, grimpez dedans au chapitre 13.
Si par contre vous ne l'avez pas remarquée, allez au chapitre 31.

48

Si tu crois qu'il est inscrit sur l'arche : « Qui craint le danger ne doit pas aller sur l'eau », va au chapitre 90.

Si tu penses qu'il y est plutôt gravé ceci : « Qui ne se hasarde pas n'est jamais perdu », rends-toi au chapitre 43.

Avec confiance, tu saisis la tête et tu la décroches de l'arbre. Tu avances vers la porte pour la déposer sur le corps de la poupée. **CLOC** ! Elle s'insère parfaitement, et la porte s'ouvre.

CRIIII !

Il ne s'agit pas ici d'un château comme les autres, car à l'intérieur, il n'y a pas des tas de vieux meubles poussiéreux ou des tapisseries grandioses. Tout ici n'est que machineries bruyantes.

Sur le tapis roulant d'une chaîne de démontage, il y a des jouets en pièces détachées. Des poupées, des petits camions, des jeux vidéo, etc…

Vous suivez le tapis roulant jusqu'à son extrémité. Là, les pièces tombent dans une grande chute, **CLING** ! **BOING** ! **BANG** ! Vous dévalez vite un grand et long escalier qui descend très profondément dans les ténèbres du château pour savoir où aboutit ce gros tuyau.

Quatre étages plus bas, vous arrivez nez à nez avec…

… le chapitre 94 !

100

Tu fermes un œil devant la porte, et elle s'ouvre comme par enchantement. De l'intérieur s'échappe de la fumée. Pendant que vous attendez qu'elle se dissipe pour entrer, une créature monstrueuse bondit hors du gros œil.

Tu te jettes par terre pour éviter ses crocs tranchants. **CRAAAC**! Qu'est-ce que c'est? AH NON! Tu viens d'écraser la zappette...

Va au chapitre 35.

101

CYCLOPEVILLE, C'EST UNE VILLE DE MONS-
TRES !

C'est seulement avec le télescope en mode infra-vert qu'il est possible de les voir tous…

Tu as des frissons dans le dos juste à penser que, plus tôt, tu es passé par là et que tu étais au beau milieu de cette foule abominable. Marjorie regarde à son tour dans le télescope et découvre, elle aussi, la horde de créatures mutantes, de fantômes et de monstres. La mâchoire lui en tombe presque…

« Ça prendrait un surhomme, dit Marjorie. Comme cet acteur, Arnold… Arnold Worchestershire. »

Affalé dans le fauteuil, tu te demandes bien ce que vous allez faire maintenant, car jamais auparavant vous n'avez été confrontés à un si grand nombre de monstres. C'est vraiment un méga problème ! Tu t'installes à nouveau derrière le télescope parce que, souvent, la logique veut que les solutions aux problèmes se trouvent au même endroit que lesdits problèmes…

Dans ton champ de vision arrive soudain… LA CLÉ ENFLAMMÉE ! Au chapitre 34.

102

Tes deux amis sont parfaitement d'accord avec toi. Ces trois pierres sont différentes des autres. Ce sont des pierres-poussoir qui activeront un quelconque mécanisme. Peut-être les murs du labyrinthe. L'une d'elles en tout cas. Les deux autres, par contre, sont des pièges crapuleux.

Rends-toi au chapitre inscrit sous la pierre-poussoir qui, tu penses, t'ouvrira une sortie du labyrinthe...

103

La porte s'ouvre sur un endroit carrément dégueu. Partout flotte une odeur de cadavres en état de décomposition. On dirait une piscine de glu dans laquelle se trouvent de répugnants ossements. Tu te pinces le nez, car tu n'en peux plus. Les murs sont irréguliers et gluants. De grosses bulles éclatent à la surface et vous éclaboussent, POUAH !

« MAIS OÙ SOMMES-NOUS ? veut absolument savoir Marjorie.

— C'est l'estomac du cyclope, lui répond son frère. Ce liquide que tu vois renferme les sucs gastriques qui servent à la digestion. C'est pire que de l'acide de batterie, ça peut nous dissoudre en seulement quelques minutes. »

Pendant que vous réfléchissez sur la manière de vous sortir d'ici, BRRRRR ! le mur de l'ascenseur derrière vous se met à avancer lentement et vous pousse vers l'estomac du cyclope. Vous conjuguez vos forces pour essayer de l'arrêter, mais il n'y a rien à faire... VOUS TOMBEZ TOUS LES TROIS DANS LES SUCS GASTRIQUES !

Difficile à avaler, mais vous êtes arrivés à la...

104

OH ! OH ! Qu'est-ce qui a fait ça ? Ce mauvais homme de neige ou le vent qui vient par grosses bourrasques ?

Il y a quelque chose de changé sur cette image ! Si tu penses qu'il s'agit du mauvais homme de neige, rends-toi au chapitre 5. Si tu crois cependant que ce sont les bourrasques de vent, va au chapitre 54.

105

Sur le pont, huit cruels pirates vous entourent et vous menacent avec leurs sabres et leurs couteaux bien affilés. Vous vous regroupez tous les trois, car vous avez l'intention de vendre très chèrement votre peau.

Le capitaine armé d'un mousquet s'interpose entre vous et ses hommes.

« Qu'est-ce que vous faites, bande d'abrutis ? les invective-t-il en fronçant ses sourcils noirs et touffus. Nous avons besoin de ces trois moussaillons pour exécuter toutes les sales besognes à bord de notre rafiot. Mettez-leur des chaînes et un lourd boulet au pied. Ils vont nettoyer le pont, nous faire la cuisine, laver nos pieds tous crottés, nettoyer les voiles, nous chanter des chansons pour nous endormir… »

106

« C'est bien beau tout ça, mais maintenant, se demande Jean-Christophe, toujours un peu dépité, on fait quoi maintenant ? Marcher jusqu'à Sombreville ? C'est à plus de trente kilomètres d'ici, et j'ai un petit creux…

— PAS DE PANIQUE ! je tiens la solution à notre problème dans ma main », lui réponds-tu, le poing fermé.

Jean-Christophe et Marjorie s'approchent de toi avec curiosité.

Tu ouvres la main, lentement… ELLE EST VIDE !

« Il n'y a absolument rien à l'intérieur de ta main, s'offusque Marjorie. Tu te moques de nous…

— VOUS VOUS TROMPEZ ! leur précises-tu en levant le pouce vers eux. J'ai ceci ! Je ne pars jamais sans lui, dis-tu pour rigoler. NOUS ALLONS FAIRE DE L'AUTOSTOP !

— Super ! se lamente encore Marjorie. Nous allons faire du stop sur une route où il passe une voiture à toutes les pleines lunes. Et comme nous sommes chanceux… NOUS ALLONS PROBABLEMENT TOMBER SUR UN LOUP-GAROU ! »

FÉLICITATIONS !
Tu as réussi à terminer…
Le labyrinthe du cyclope

3 HISTOIRES VRAIMENT HORRIFIANTES

LIS JAMAIS ÇA AVANT DE TE COUCHER !

TU N'AURAS JAMAIS ! PLUS LE HOQUET...

TU DIS QUE TU AS LES NERFS SOLIDES ? J'SUIS PAS CERTAIN QUE ÇA SERA SUFFISANT...

MAINTENANT, TU NE PEUX PAS DIRE QUE TU N'AS PAS ÉTÉ PRÉVENU...

LE DÉPANNEUR DU COIN

Cette histoire est complètement dégueu, tu dois en être prévenu. En plus, elle se termine, disons-le, très mal.... On me l'a racontée lorsque j'étais tout jeune. Aujourd'hui, encore, elle hante toujours mes pensées, et surtout, mes rêves...

L'édifice qui abritait le dépanneur du coin était abandonné, et cela, depuis plusieurs années. Barricadée de vieilles planches, la vieille construction de bois et de tôle menaçait de s'effondrer à n'importe quel moment. Personne n'osait s'en approcher. Pas juste à cause de ça, mais aussi parce que de très mauvaises choses s'y sont passées. Et ces mauvais souvenirs, les gens du quartier n'aimaient pas se les remémorer.

Un jour, à l'époque où le petit commerçant trapu et au dos courbé tenait ce commerce, les petits animaux se sont mis à disparaître les uns après les autres. Les chats, les chiens, les écureuils et même les petits oiseaux. C'était vraiment triste de voir toutes ces vieilles dames qui cherchaient désespérément leur petit animal chéri. Il y avait des avis de recherche placardés partout, sur presque tous les poteaux de fil électrique et les arbres.

Par une soirée pluvieuse, Mélanie attendait, anxieuse, son chat Grisgris qui n'était pas rentré à la maison, comme il le faisait toujours avant la noirceur. Elle décida donc de partir à sa recherche.

Une heure plus tard, elle avait fait le tour de tout le quartier sans réussir à trouver son Grisgris adoré. Il ne restait plus qu'un endroit où chercher : le dépanneur. Elle n'aimait pas le proprio, il l'effrayait. C'est vrai qu'il avait des agissements bizarres. Il errait souvent la nuit dans les rues. Elle l'apercevait quelquefois de la fenêtre de sa chambre. Aussi, il ne vous regardait jamais dans les yeux lorsqu'il vous parlait de sa voix basse et presque éteinte. Dans son comptoir, il y avait de curieux bonbons de sa fabrication. Une recette ancestrale de son pays, qu'il disait aux gens qui en achetaient à profusion. Ces bonbons à la forme étrange, soit dit en passant, avaient des noms tout aussi bizarres.

La photo de son chat dans sa main tremblotante, elle entra et questionna le proprio. Elle attendait sa réponse lorsqu'elle remarqua dans le comptoir, une petite boîte d'une autre variété de bonbons sur laquelle était écrit : *Bonbons Grisgris...*

Personne n'a revu Mélanie depuis ce soir froid d'automne. Mais quelques jours plus tard, sur le comptoir du dépanneur, il y avait, encore une fois, une nouvelle sorte de bonbons qui portait... SON NOM !

FIN

LE CASIER D'ÉCOLE MALÉFIQUE

NON ! L'école dont il est question ici n'a pas été construite sur un ancien cimetière, ni n'a été victime d'une terrible malédiction. En fait, personne ne connaît la cause de cet événement, il faut l'avouer, assez inquiétant. Ça s'est passé le dernier jour d'école, juste avant le début du congé de l'été, sans aucune explication logique.

La joie pouvait se lire autant sur les visages des profs que des élèves, et avec raison : les vacances arrivaient... DANS QUELQUES SECONDES !

DRIIIIING ! La cloche sonne, et l'école se vide très rapidement. Comme fous, tous les élèves se jettent vers la sortie. Dehors, le beau ciel bleu et le soleil les accueillent. OUAIS ! À l'intérieur, il ne reste que Richard et Véronique. Ils ramassent leur boîte à lunch, le reste de leurs affaires et traversent la longue rangée en courant. Soudain, autour d'eux, toutes les lumières s'éteignent, toutes en même temps, OUPS !

PAS DE PANIQUE ! C'est sans doute le concierge qui a fait ça. Y a pas plus maniaque de la conservation de l'énergie que lui. Ils parviennent, malgré tout, à l'extrémité de la rangée où un faisceau de lumière émane d'un casier entrouvert. Curieux, Richard s'arrête à quelques pas du casier.

« Quelqu'un a oublié une lampe de poche ! » soupçonne-t-il en s'approchant.

Véronique le prend par le bras et tente de l'amener vers la sortie.

« Laisse faire ! insiste-t-elle. Sortons, allons jouer avec les autres... »

Mais c'est plus fort que lui. Richard la tire plutôt vers lui et ouvre le casier. La lumière est très vive. Impossible de voir à l'intérieur. Richard, à tâtons, plonge le bras dans le casier. Tout de suite, il est violemment aspiré avec Véronique vers l'intérieur.

Richard ouvre les yeux. Il constate que la lumière vive a disparu et qu'il est debout, devant le casier avec Véronique. Qu'est-ce qui s'est passé ?

Dehors, les autres élèves s'amusent. Richard et Véronique sortent. Richard attrape le ballon que lui a lancé Jean-Marc. Mais avant qu'il ne puisse sauter pour faire un panier : DRIIIIIING ! La cloche de la cour de l'école retentit. Qu'est-ce que ça veut dire ?

Tous les élèves prennent leur rang et commencent à s'engouffrer à l'intérieur. Richard et Véronique, éberlués, demeurent immobiles. Mais qu'est-ce qui se passe ? L'école est terminée... C'EST L'ÉTÉ !

« Mais qu'est-ce que tu racontes ? lui chuchote Jean-Marc, nerveusement. Venez tout de suite prendre le rang. Sinon, vous allez écoper d'une retenue, et ça, un premier jour d'école...

— PREMIER JOUR D'ÉCOLE ! répète Véronique, qui cherche à comprendre. Mais où est passé l'été ?

— LE CASIER ! se rappelle Richard. Nous avons été entraînés à l'intérieur. La lumière était sans doute un portail qui nous a propulsés dans le futur... DEUX MOIS DANS L'AVENIR ! »

Méfie-toi, mon ami ! Si jamais tu as l'intention de te jeter, tête première dans un de ces portails, vortex ou autre perturbation temporelle... COUVRE-TOI D'UNE FICHUE BONNE CRÈME SOLAIRE !

ARCADE HORREUR

Mettre quelques pièces dans une machine de jeux vidéo à l'arcade pour s'amuser, tout le monde fait ça. Mais lorsque le plaisir se transforme en une obsession, une obsession d'obtenir le pointage le plus élevé, on ne sait jamais où ça peut nous conduire...

Guillaume avait ramassé des dizaines de sacs de feuilles tombées des arbres dans tout le voisinage afin d'avoir beaucoup d'argent. Il savait que, pour battre le record du jeu le plus populaire du quartier, il lui fallait beaucoup d'argent.

Les poches pleines de fric, Guillaume se rend à l'arcade, certain de battre Justin, qui trône au sommet de la page des meilleurs pointeurs. Il ouvre la porte et constate que, pour une fois, il n'y a personne devant la console Zardium XXZ... PERSONNE !

Guillaume se propulse vers la machine et lance tout de suite une pièce dans la fente. La musique sinistre du début de la partie se fait entendre. Déjà, plusieurs jeunes se massent autour de lui, car ils savent bien que seul lui peut déloger Justin du sommet de la fameuse page d'élites.

Le manche de la manette à la main et les doigts sur les boutons, il attend la première vague de vaisseaux. Il les pulvérise avec une facilité déconcertante. Ensuite, à la fin du niveau, le boss fait feu sur lui de tout son arsenal. BROOUUUMM ! BLAM ! Guillaume réplique et détruit son adversaire. Des murmures autour de lui se font entendre : « Il va réussir ! Il va battre Justin, ça c'est certain. Il passe d'un niveau à l'autre avec autant de facilité, c'est le meilleur... » Guillaume se sent totalement en contrôle. C'est comme s'il était vraiment dans le vaisseau, entre les étoiles, en pleine guerre interstellaire.

Dix-huitième niveau. Jamais personne n'est allé si loin. LE SCORE DE JUSTIN EST PULVÉRISÉ ! Ici, les vaisseaux ennemis sont deux fois plus gros et trois fois mieux armés. Guillaume se débrouille bien, mais plusieurs projectiles percent la carlingue de son « space fighter ». Il perd de la vitesse et de la maniabilité. Les missiles ennemis sont plus difficiles à éviter. Sur la défensive, il ne cherche plus à attaquer. Il ne peut qu'esquiver la pluie de missiles et de faisceaux laser. Le feu vient de prendre dans la cabine et le fait tousser. Comment, tousser ? Ce n'est qu'un jeu, un jeu vidéo...

La fumée dense chuinte de la machine et commence à envahir l'arcade. Il y a quelque chose qui cloche. Tout le monde se lance vers la sortie.

Une balle bleue perce-blindage traverse la machine et va se loger dans la semelle de son espadrille. AÏE ! ÇA CHAUFFE ! Guillaume ressent une grande vibration dans la manette, qu'il ne peut pas lâcher. Il est comme collé à elle. Une grosse boule de feu orange se dirige en plein sur son vaisseau.

Dehors, ahuris, tous observent la scène. Plusieurs vaisseaux inconnus, venus d'une galaxie éloignée, survolent et bombardent l'édifice qui abrite l'arcade. Dans quelques secondes, il ne restera plus rien...

SI MON LIVRE OU CES TROIS PETITES HISTOIRES T'EMPÊCHENT DE DORMIR, J'EN SUIS VRAIMENT DÉSOLÉ...

NON! AH! AH! AH! J'SUIS TRÈS CONTENT QUE ÇA TE FASSE PEUR! NYAAAA! HA! HA! HA!

BONS CAUCHEMARS!

RICHARD

N° 19 LE LABYRINTHE DU CYCLOPE

C'est vrai que l'endroit ressemble à un parc d'attractions, mais ce n'en est pas un. Tu vas dire qu'il y a tout plein de manèges et que vous allez vous amuser. TU NE PEUX PAS SAVOIR À QUEL POINT TU AS TORT ! Car de cet endroit maudit, et pas amusant du tout, il n'y a qu'une seule façon de sortir, et c'est couché... DANS UN CERCUEIL !

UN LIVRE PALPITANT QUI SE JOUE À LA FAÇON D'UN JEU VIDÉO...

Oui, ce livre n'est pas qu'un simple livre... C'EST TON AVENTURE ! Et dans ton aventure, c'est toi qui décides du déroulement de l'histoire. ATTENTION ! Ce livre contient aussi un jeu original qui pourrait transformer ton histoire en vrai cauchemar... LE JEU DES PAGES DU DESTIN !

Il y a 23 façons de finir cette aventure, mais seulement une finale te permet de vraiment terminer... *Le labyrinthe du cyclope.*

LIRA BIEN QUI LIRA LE DERNIER...

Boomerang
Éditeur jeunesse

www.boomerangjeunesse.com
info@boomerangjeunesse.com

TU N'EN AS PAS EU
ASSEZ ?

TOURNE
CETTE
PAGE...

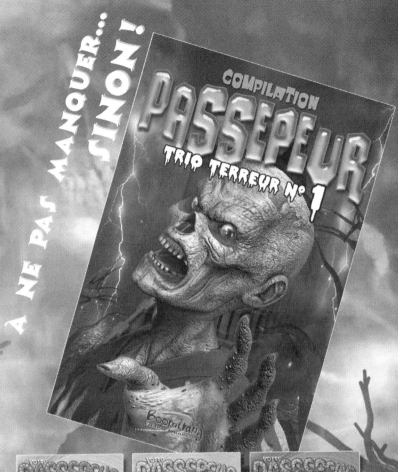

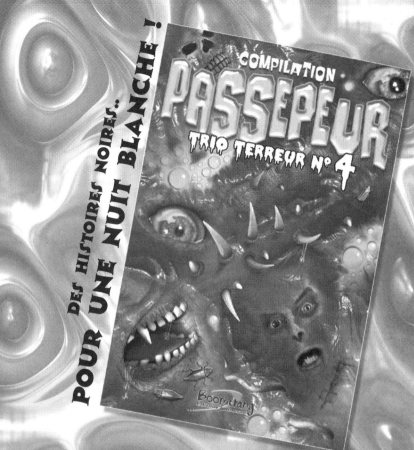